龍の兄弟、Dr.の同志

樹生かなめ

white heart

講談社X文庫

目次

イラストレーション／奈良千春《ならちはる》

龍《りゅう》の兄弟《きょうだい》、Dr.《ドクター》の同志《どうし》

1

眞鍋《まなべ》の昇《のぼ》り龍《りゅう》に忠誠を誓い、サメが率いる影の実働部隊の一員になった時に『エビ』という名をもらった。名付け親は影の実働部隊を率いるサメだが、さして深い意味はないらしい。功刀《くぬぎ》淳《じゅん》は自分に与えられた名前を素直に受け入れた。

以来、エビとしての人生を歩んでいる。

六月初旬の深夜、エビは影の実働部隊の一員であるイワシとともに大型のクルーザーで海に出る。

日本海はどこか寂しくて物悲しい。特に夜はえも言われぬ虚しさが込み上げてきて、エビは荒い波に身を投げたくなる。だが、今夜、海の底に沈めるものはエビの華奢《きゃしゃ》な身体《からだ》ではない。

大型のクルーザーには人生の幕を下ろした夫婦が並んでいた。不夜城を牛耳《ぎゅうじ》る眞鍋の昇り龍に逆らった者たちの哀れな末路だ。

「馬鹿《ばか》な奴らだ」

エビが甘い顔立ちを歪《ゆが》めて独り言のように呟《つぶや》くと、伏し目がちのイワシは軽く頷《うなず》いた。

「眞鍋の昇り龍に逆らうなんて、正気の沙汰《さた》とは思えん。自分で死刑執行書にサインをしたようなもんだ」

闇社会《やみしゃかい》に彗星《すいせい》の如《ごと》く出現した眞鍋組の昇り龍こと橘高清和《きったかせいわ》は苛烈《かれつ》だ。邪魔者は消せ、という男である。自分に歯向かう者はカタギであっても容赦なかった。清和の主義をエビは否定しない。綺麗事《きれいごと》ですむ世界ではないからだ。

「死にたがっていると思ったが、死にたくなかったらしいな」

エビの脳裏に醜い記憶が蘇《よみがえ》ってげんなりすると、イワシは肩を竦《すく》めた。

「警察を呼ぶぞ、には呆《あき》れた」

闘病中の組長に代わり、現在、眞鍋組の頭に立っているのは組長代行の清和だ。すでに切れ者として名を馳《は》せているが、いかんせん、若すぎる。十九歳の清和を侮り、仕掛けてくる輩《やから》は少なくなかった。どこの暴力団の息もかかっていない一般人でさえ、時に清和に戦いを挑み、密かに裏で暴利を貪《むさぼ》ろうとする。

新しい眞鍋組を模索している清和は、つい最近、倒産寸前の小さな商事会社を見込んで融資した。白髪《しらが》の目立つ社長は涙を流して喜び、再建に向けて努力した。……とばかり思っていたのだが。

こともあろうに、社長は清和から投入された資金で個人名義の証券を購入し、私腹を肥やした。かつての企業家の誇りはどこに行ってしまったのか、会社が持っていた顧客の個人情報も売り、それ相応の金を手に入れていた。

社長の妻である副社長は弱みを握っていた若い女性社員に、眞鍋組の影をちらつかせて売春を強要した。

それも一度や二度ではない。何度も売春を強要されて、若い女性社員は心身ともに疲弊してしまった。

副社長は自社とわからないように細工をしたうえで、社内の女子トイレや女子更衣室に隠しカメラを設置して、若い女性社員を盗撮し、そちらの関係者に売った。早くもアダルトサイトでは評判になっている。

安いコーヒー豆を買い求め、値の張るカフェイン抜きのコーヒーとして販売しようと計画していた。

これらはすべて清和が資金を投資して、半月もたたないうちにあった出来事だ。聡《さと》い清和が気づかないはずがない。三日前、命《めい》を受けてエビが速攻で調べた。すぐに社長夫妻の悪事の証拠を摑《つか》み、包み隠さず報告した。結果、悲惨な結末を迎えたのだ。

社長夫妻を切り捨てなければ、清和の立場が危うくなる。当然の措置だった。

「組長代行が若いから、バレないと思ったのかな」

社長夫妻の始末を引き受けたエビは、やるせなさでいっぱいだった。エビの甘い容貌《ようぼう》に陰惨な影が走る。

「エビ、同情しているのか？　カタギだから命は助けるべきか？」

イワシが探るような目で見つめてくるので、エビは苦笑いを浮かべた。

「いや、処分に不満はない。社長夫妻はなんの罪もない人の人生を狂わせている。自業自得だ」

エビは清和が下した処分に心を痛めているわけではない。会社やスタッフ、顧客を大事にしていた社長夫妻の豹変《ひょうへん》ぶりにうんざりしているのだ。

「たぶん、社長は最初から会社を再興する気はなかったと思う。組長代行の資金を受け取った時点で変わったんだ。ヤクザの手下になったとか、そのうちヤクザに乗っ取られるとか、そういったことでブチ切れたんだろうな」

イワシはどこか遠い目で自滅した社長夫妻を語った。エビにしても同意見だ。暴力団と関《かか》わったことで、堅実に生きてきた社長夫妻の何かが狂ってしまったのかもしれない。

「イワシ、お前もそう思うか？」

「当たり前だ。あの会社に援助してもいいか、調査したのは俺だぜ？」

そもそも清和の命を受けたサメから指示されて、イワシが倒産寸前の小さな商事会社を調べた。不況の荒波を受けて業績が悪化しただけで、社長やスタッフにこれといった問題はなかったのだ。気がかりはお人好しの社長夫妻ぐらいだった。

「そうだな、お前は社長の人柄まで入念に調査していたな」

イワシにしてみれば今回の結末は己の不始末になりかねないが、清和からは一言も責められなかった。眞鍋の金看板を背負う男は若いながらも、移ろいやすい人の心をよく知っている。

ただ、社長夫妻の再調査から後始末まで、今まで一度も仕事に後《おく》れを取ったことがないエビが駆りだされた。今回の責任者はイワシではなくエビだ。イワシもエビの実力を認めているので、いっさい異議は唱えない。

「組長から金を取れるだけ取って、姿をくらますつもりだったのかな。もしくは、何食《なにく》わぬ顔で退社するつもりだったのかもしれない」

イワシが浅はかな社長夫妻について見解を述べたので、エビも目を細めて同意した。

「俺もそう思う」

「エビ、俺のミスで君に手間を取らせた。すまない」

イワシの清々しいほど潔《いさぎよ》い態度に、エビは手を大きく振った。

「イワシのミスじゃない。気にするな」

「……ヤクザよりカタギさんのほうがやる時はやるのかな？　でも、バレた時の覚悟はしていないよな？　……こういうのは、難しいな」

一概には言えないが、悪事が露見した時に覚悟を決めていない一般人が多かった。謝罪すればすむと思っている者も珍しくない。

「ああ……」

「いい社長と副社長だったのに……」

イワシは豹変するまでの社長夫妻を瞼《まぶた》に浮かべているようだ。人間不信に陥《おちい》った気配があるが、慰める気は毛頭なかった。どこにでも転がっている話だからだ。

「今でもだいたいのスタッフはいい社長と副社長だと思っているんじゃないかな」

エビが清掃スタッフとして社内に潜り込んだ時のことである。三時の休憩時間、女性スタッフたちは茶菓子を摘みつつ、他社の社長夫妻について語り合っていた。

『私の姉が働いている会社の社長はすっごい陰険でケチなの。奥さんは社員をメイドみたいに思っていて、休日には自宅の掃除をさせるんですって。一言のお礼もないらしいわ』

『私の従妹《いとこ》が勤めている会社の社長もそうよ。トイレットペーパーの使用量が増えると朝礼で怒るの。奥さんは休日に社員を呼びつけて、自宅や別荘の草むしりをさせるのよ。それなのに交通費も出してくれないらしいわ』

不条理な他社の社長夫妻から自社の社長夫妻に話題が変わった。

『うちは社長も副社長もいい人でよかったわね』

『うん、優しいものね。帰りが遅くならないようにしてくれるし』

女性スタッフたちはそれぞれ社長夫妻に受けた優しさを口にした。自社の社長夫妻に対する尊敬と信頼が溢《あふ》れていたものだ。

そういえば、とエビは思い出した。女性スタッフの話題は社長夫妻から唐突に女性誌で特集を組まれていたアラブの若い皇太子に流れた。

『社長は優しいけど、おじさんだし、結婚してるし……でも、カラダリ王国のカーミル皇太子は独身よ。超がつく大金持ちで王子様で頭もよくてこんなにかっこいいなんて……こんな人がこの世に本当にいるのね』

社内で一番若い女性スタッフは机に広げていた女性誌を眺めてうっとりした。彼女のマイペースぶりは周知の事実だ。

『いきなり、どうしたの？』

紅茶を飲み干した女性スタッフが怪訝《けげん》な顔で尋ねると、社内で一番若い女性スタッフの鼻息は荒くなった。

『見てよ、私のカーミル皇太子よ』

社内一の美人と名高い女性スタッフも理知的な女性スタッフも子供が三人いる女性スタッフも、夢のようなアラブの皇太子を見ると興奮した。

『一度でいいからカラダリ王国のカーミル皇太子に会ってみたい』

『カーミル皇太子目当ての観光客が多いんだって。会えるはずがないってわかっていても行っちゃうのよね。わかるわ。貯金を全部使ってでも行きたいもん』

情報収集のため、何種類もの新聞や週刊誌などにも目を通しているので、エビも女性に絶大な人気を誇るアラブの皇太子の名は知っていた。カラダリ王国は石油が枯渇した時のことを考えて観光に力を入れており、見栄《みば》えのいいカーミル皇太子は最高の営業マンだ。カーミル皇太子に憧《あこが》れにも似た気持ちを抱き、熱砂のカラダリ王国には各国から女性客が訪れる。世界で最も魅力的なプリンスの一人、と各国のメディアで絶賛されていた。

『私も結婚資金を全部注《つ》ぎ込《こ》んでもカーミル皇太子の国に行きたい』

『私は夫を捨ててもカーミル皇太子の元に行きたいわ』

『社員旅行の行き先、カーミル皇太子の国にならないかな。みんなで頼んだら、カラダリ王国になるかもしれない』

社員旅行を口にした女性スタッフの目は血走っていた。誰もが気前のいい社長夫妻を知っている。今までに海外の社員旅行は幾度となくあった。

『みんなで頼んだら、次の社員旅行はカラダリ王国になるかもしれない。だから、頼んでは駄目よ。カラダリ王国までの旅費は高いわ』

社長夫妻を両親のように慕っている女性スタッフが静かに窘《たしな》めると、落ち着いた女性スタッフも同調した。

『そうね、社長と副社長だったら社員のために無理をするわ。無理をさせてはいけません』

『……あ、そうか、社長と副社長だったら自分の給料を削ってでも私たちをカラダリ王国に連れていってくれるかも』

社長夫妻が悟らせないようにしていたため、この場にいる女性スタッフは自社が倒産寸前に陥っていることに気づいていない。しかし、経営状況が芳《かんば》しくないことはわかっていた。

『給料じゃ、すまないわよ。次の社員旅行は近くの健康ランドでいいじゃない。それも私たちが社長と副社長を招待する形にしない？』

女性スタッフたちは社長夫妻に対する感謝や尊敬でいっぱいだった。陰で盗撮されているとも知らずに。

一度でもそういったものが出回ってしまえば、半永久的に回収は不可能だ。事実、社員旅行先に健康ランドを提案した、童顔で豊満な身体つきの女性のあられもない姿は、ネット上で次々にコピーされていた。

今でも社長夫妻を慕う女性スタッフたちの言葉が、エビの耳に残っている。自分を信じている者を裏切った社長夫妻の罪は重い。

その夜、当初の計画通り、社長夫妻を海底に沈めた。エビに良心の呵責《かしゃく》はない。あるのはなんとも言いがたい無常観だ。

翌日の昼過ぎ、エビはサメに呼ばれて指定されたカフェに向かった。パリをイメージしたというカフェには綺麗《きれい》に着飾った若い女性客が多く、地味なスーツに身を包んだサメとエビは少々浮いている。

「なんでこんなところに……」

どのテーブルを見ても若い女性しかいない。店内にいるスタッフも女性ばかりだ。エビは誤って男子禁制の場所に足を踏み入れてしまったような気がした。花をモチーフにしたジアンのコーヒーカップに注がれたコーヒーがやけに苦く感じられ、絶品と評判のクロックムッシュがどういうわけかしょっぱい。

「お前と一緒なら大丈夫だと思った」

サメはなんでもないことのようにしれっと言ったが、エビは笑って聞き逃さなかった。

「課長、それはどういうことですか？」

テーブルの間隔からして、大声を出さない限り、周囲に会話は聞かれないと思うが、外ではお互いに呼び方を変えている。サメは『課長』でエビは『主任』だ。

もっとも、エビは三十歳だが、どこからどう見ても二十代前半にしか見えないので、主任という設定は少し無理があるかもしれない。

「主任、説明しなくてもわかるだろう。いつもデカイのと一緒にいたら、たまには可愛《かわい》いのと可愛いところに行きたくなるんだ。分厚いステーキばかり食っているのを見ると、可愛い奴に洒落《しゃれ》たのを食わせたくなるんだよ」

サメには女顔で身長も低いエビを揶揄《からか》っている気配はない。彼は清和の躍進の最大の要因と言われている男だが、飄々《ひょうひょう》としていて掴《つか》みどころがなかった。

「目立ってはいけない、と俺に教育したのは誰ですか？」

エビはサメに勝手に注文された洋ナシのシャルロットを口に放り込んだ。酒も好きだが、甘いものも嫌いではない。人気急上昇中のグルメライターが絶賛していた通り、甘すぎず、美味《おい》しかった。

「ああ、俺たちは表には出ない。仕事ができなくなるからな」

サメに極道の雰囲気は微塵《みじん》もなく、どこにでもいるサラリーマンに見える。存在感を消すのも上手《うま》かったし、出会った相手にも強い印象を残さない。さすが、の一言ではすませられない能力だ。到底、エビには真似できない。

「言いたくありませんが、俺は一度会ったら顔を覚えられるタイプです。目立ちたくありませんね。ついでになんですが、何があっても本社には行きたくありません」

本社とは不夜城にある眞鍋組総本部のことだ。一度でも総本部に足を踏み入れたら、眞鍋組の関係者というレッテルを貼《は》られるだろう。派遣社員としてターゲットとなった社内に潜り込むこともあるので、顔がバレると諜報活動《ちょうほうかつどう》がしにくくなる。

眞鍋組でもエビの顔を知っている構成員は限られていた。だからこそ、驚異の成功率を

誇っているのだ。サメの舎弟の中でも特別な立ち位置にいる。

「本社だけじゃなくて支社や支店にも行かないほうがいい。お前、アイドル並みに可愛いからな。誰でも一発で覚えるさ」

「これでも一応男ですから、それ、褒め言葉じゃありませんよ」

「いいじゃないか、女のふりして男から金を巻き上げてこいよ」

かつてエビは女装して、覚醒剤《かくせいざい》の売人だと目星をつけた女性を尾行したことがあった。女子更衣室にも女子トイレにも女性のふりをして入ったものだ。誰もエビの性別を疑わなかった。それどころか、エビには若い男性のナンパや中年男の援助交際の誘いがひっきりなしにかかったのだ。

「そういうの、社長は嫌いでしょう?」

エビが『社長』と呼んだ清和は若いからか、どこか潔癖なところがあった。大金が転がり込む覚醒剤を禁止にしたのも清和だ。カタギを騙《だま》す詐欺や強請《ゆすり》も許さない。そうでなければ、エビは清和に忠誠を誓わなかっただろう。清和が従来のヤクザではないから盃《さかずき》を交わしたのだ。

「怒りはしないと思うぜ。藤堂《とうどう》社長を夢中にさせたら大喜びするはずだ」

サメがしたり顔で口にした『藤堂社長』とは、清和と反目している藤堂組の組長のことだ。藤堂は甘い顔立ちをした二枚目だが、決して侮ってはならないヤクザである。

サメ直々に調べ上げた藤堂のデータを見て、エビは唸《うな》った覚えがあった。エビは自分の力をよく知っている。知っているからこそ、無理は決してしない。瞬時に藤堂に罠《わな》を仕掛けるのは無理だと悟った。

「藤堂社長は絶対に無理です。俺の手には負えません」

「いつか、必ず、うちの社長とぶつかる。今のうちに手を打っておきたい」

遠からず、清和と藤堂は闘うだろう。共存を掲げる関東随一の大親分の下、派手な抗争にはならないかもしれないが、清和と藤堂の性格を考えれば楽観できない。

「俺には無理です。藤堂社長じゃなくて副社長とか専務あたりだったら仕留められるかもしれませんけどね」

藤堂は手強いが、藤堂組の若頭にしろ若頭補佐にしろ、ほかの組員は少々甘い。

「そこに手を出したら藤堂社長に警戒されるだけだ」

サメは楽しそうに口元を緩めると、コーヒーを飲み干した。店内にいる女性客はそれぞれお喋《しゃべ》りに夢中で隅のテーブルにいる二人組の男に関心を寄せないが、白いエプロンをしたスタッフはちらちらと窺《うかが》っている。もっぱら視線を集めているのは美少女と見紛《みまが》うようなエビの顔立ちだ。眼鏡をかけているが、あまり効果はないらしい。

「……で、話を元に戻しましょう。俺、こんな悪目立ちするところで長居したくないんですよ。さっさと出ましょう」

なんの用もないのにサメが自分を呼びだすとは思えない。新しい仕事の指示だと、エビもわかっていた。昨日、ハードな仕事を終えたばかりなので、なかなか切り出せずにいるのかもしれない。もしかしたら、サメのことなので、エビから言いだすのを待っているのかもしれない。どちらにせよ、さっさと女の園から脱出したかった。

「主任、昨日の今日で悪いんだけど、仕事を引き受けてくれるね？」

やっぱりそれか、とエビは苦笑を漏らした。

「聞いてから決めます」

組長が黒いカラスを白と言ったらカラスは白、と眞鍋組の構成員は昔気質《むかしかたぎ》の若頭から叩《たた》き込《こ》まれている。しかし、サメはエビにそういった教育をしない。エビもカビが生えたような古くさい教えを守る気はなかった。基本的になんの罪もないカタギを泣かすことには手を出さない。清和もサメも理不尽な命令は出さなかった。

「主任に断られたら困るんだ。必ず引き受ける、という確証が欲しい」

どこか芝居がかっているが、サメは苦悩に満ちた表情を浮かべて、エビの手をぎゅっと握った。

「いったいどうしたんですか？」

「絶対にミスが許されない仕事だから、本来ならば俺がやるべきなんだが、今は忙しくて逆立ちしたって無理だ。もう、お前しか任せられるのがいないんだよ」

俺に勝るとも劣らない、とサメが公言している舎弟がいる。シャチという名を持つ彼もまた、今までに仕事で一度たりとも失敗したことはない。歳《とし》はエビのほうが上だが、経験はシャチのほうが積んでいる。

「シャチはどうしました？」

エビは小声で適任者の名をサメに囁《ささや》いた。

「断られた」

サメはいつになく神妙な顔つきでボソッと言った。

「……こ、断られた？　今までにそんなことは一度もなかったでしょう」

シャチは命令とあらば火の中にでも飛び込むような男で、清和だけでなく眞鍋の頭脳とも言うべきリキの信頼も厚い。そんなシャチが命じられた仕事を断るなど、にわかには信じられなかった。

「俺も夢かと思ったぜ」

サメの額に脂汗が噴き出たが、臨場感を出すための演出かもしれない。その気になれば一瞬にして滝のような涙を流せる男だ。

「そんな、シャチが断る仕事なんていったい？」

エビが大きな目を見開いた時、隣のテーブルから喚声が上がった。

「えーっ？　嘘《うそ》でしょう？　このカーミル皇太子って、俳優じゃなくて本物の王子様なの？　てっきり……」

「よく見てよ、映画の宣伝ページじゃないでしょう。カラダリ王国の本物の皇太子よ。だから、さっきから、夏休みの旅行先はカラダリ王国にしようって言っているの」

テーブルの中央には高級感を前面に押しだした女性向けの雑誌が開かれていた。どうやら、海外の王家の特集をしているらしい。そそっかしい女性が、スーパーモデル級のルックスを誇るカーミル皇太子をハリウッドスターと間違えていたようだ。

「ちょっと、二人とも声が大きいわよ」

一番おとなしそうな女性が諫《いさ》めると、大声を出した女性は恥ずかしそうに俯《うつむ》いた。そして、夏休みの計画を立て始める。行き先は言うまでもなくカーミル皇太子の国だ。

「……主任、カラダリ王国をどう思う？」

サメが意味深な微笑を浮かべて尋ねてきたので、エビは率直に答えた。

「カラダリ王国？　専門外です」

「……そうじゃなくて、お前、アラブにアレルギーがないか？」

「気のいいオヤジの屋台でアラブ風のサンドイッチをよく食っています。アレルギーはないと思いますよ」

眞鍋組のシマにもアラブ人が飲食店を出している。ハーブやライスをぶどうの葉でくるんだ伝統料理のワラック・エナブや、レンズ豆のスープ、ビーフやラムのケバブ、ホブスという丸くて平べったいパンにひよこ豆のペーストやナスのペーストをつけて食べるのも好きだ。アラブのスイーツの代名詞であるデーツも美味《うま》い。

「……そっちのアレルギーじゃないんだ。なんか、世の中にはオイルダラーに拒否反応を示す奴がいるんでさ」

サメはなんでもないことのようにサラリと言ったが、核心に近づいているはずだ。当然、エビは聞き流さない。

「……は？　オイルダラー？　……もしかして、シャチがオイルダラーに拒否反応を示したんですか？　今回、オイルダラー絡みの仕事なんですか？」

エビが形のいい眉《まゆ》をひそめつつ、脳ミソをフル回転させると、サメはニヤリと笑った。

「話が早い。頼んだぞ。社長が待っているから行こう」

サメは素早い動作で立ち上がると、エビの肩を鼓舞するように叩く。

「課長、なんか悪い予感がするんですが」

エビの顔は引《ひ》き攣《つ》ったが、サメはどこ吹く風で流した。

「気のせいだ」

エビは逃げだしたい衝動に駆られたが、そういうわけにもいかない。渋々ながらサメの後に続いて店を出て、代官山《だいかんやま》の洒落た街並みを歩く。周囲にはメディアに取り上げられるショップやカフェが点在していた。

時節柄、今にも雨が降りだしそうな空模様だ。天気予報では夕方から深夜にかけて降水確率が高くなっている。

サメは中世の城に似た建物に、吸い込まれるように入っていく。一階から二階まではブティックや雑貨店、フラワーショップなどのテナントが入っていた。それ以上の階はマンションだ。

オートロックなのですぐに目当ての部屋の前には立てない。サメは七〇八号室を呼びだした。返事はなかったが、すぐにエントランスに続くドアが開く。

サメとエビは無言で防犯カメラの前を通った。エビの記憶に間違いがなければ、この防犯カメラはなんの役にも立たない。単なる見せかけの防犯カメラだ。たとえ、機能を果たさない防犯カメラでも設置されていることで未然に防げる犯罪があるのだ。

サメとエビはエレベーターに乗り込んだ。

「俺、ここの七〇八号室には覚えがあります」

エビの記憶が正しければ、清和を若いとみくびった経営コンサルタントが取り扱っていた物件だ。知《し》らず識《し》らずのうちに、清和が買うことになっていた。売り主であるカタギや不動産会社と揉《も》めたくなかった清和は、使い道のない部屋を購入したのだ。

サメのサポートについて、エビも一連の調査に加わった。愚かな経営コンサルタントに呆れ果てた覚えがある。

「買い手がつかないんだ」

「そうでしょうね」

「いっそここで女でも囲ったらどうだって言ったんだが」

サメは買い手のつかないマンションの活用法を清和に提案した。

「社長はなんて？」

清和と関係のある女性がエビの脳裏に浮かんだ。すでに竜胆《りんどう》のママにもクラブ・ドームの京子《きょうこ》にも高級マンションを与えている。女にとって気前のいい男だ。

「面倒くさいらしい」

「……ま、社長には志乃《しの》ママと京子がいますからね」

俺は志乃ママがいい、とエビが好みを述べると、サメも笑顔で同意した。

エビとサメは性格も考え方も違うが、女だけでなく好きな人間のタイプがよく似ている。エビが好きな人間はサメも好きだし、エビが嫌いな人間はサメも嫌いだった。だからこそ、サメの下でやっていけるのだろう。

七階の端にある七〇八号室の玄関のドアに鍵《かぎ》はかかっていなかった。サメはインターホンも押さずに部屋に入る。

内部に生活感はまったくない。

「お疲れ様です」

サメとともにエビはリビングルームのソファに座っている清和に挨拶《あいさつ》をした。傍《かたわ》らには影のようにリキが従っている。

清和は無言で軽く頷《うなず》くと、サメとエビに着席を促した。

「エビ、昨日はご苦労だった」

リキが労《いたわ》ってくれたので、エビは無言で頭を下げた。彼は寡黙な男で無駄口は叩かないが、最も大切な言葉は必ず口にする。清和も視線で謝意を示してくれた。眞鍋の昇り龍も無口な男だが、エビには好ましく感じられる。言葉巧みに人を騙す輩に嫌気がさしているからだろう。

リキが静かな迫力を漂わせて言った。

「本来ならばゆっくりと休んでもらうところだが、そういうわけにはいかなくなってしまった。サメから話は聞いたと思うが、やってくれるな」

リキが性急に話を進めたので、エビは慌てて手を振った。

「実は詳細を聞いていない。ちゃんと説明をしてほしい。話はそれからです」

「サメから聞いていないのか？」

意外だったらしく、リキは目を見開いた。

「肝心なところは何も……」

エビが困惑気味の表情を向けると、サメはわざとらしいぐらい大きな溜《た》め息《いき》をついた。

「エビに断られたら終わりだからな」

サメの苦しい内心を察して、無表情なリキが苦笑を漏らした。

相手が誰であれ、言うべきことは言っておかなければならない。エビは確認するように改めて己の気持ちを告げた。

「俺は組長代行のためならば危ない橋を渡る。たとえ、命を落とすことになってもかまわない。だが、いくら組長代行の命令であっても非道はしない」

「その懸念は無用だ」

リキはエビの懸念を一蹴《いっしゅう》すると、事の仔細《しさい》を語りだした。

逼迫《ひっぱく》していた眞鍋組の財政状態を救ったのは清和だ。もっとも、名取《なとり》グループの会長である名取満智子《まちこ》の援助がなければ、清和がどんなに奮闘しても眞鍋組の財政状態を立て直すことは難しかっただろう。清和の快進撃の裏に名取会長がいることはすでによく知られている話だ。

清和が名取会長に感謝するのは当然だし、眞鍋組も名取グループのために裏ではいろいろと働いている。

名取不動産が管理するビルに居座る不法滞在者の団体を退去させたのは、サメが率いる影の実働部隊だ。名取会長の従弟《いとこ》が人妻に手を出し、不倫相手の夫から訴えられそうになった時は、清和とリキが間に立って宥《なだ》めた。莫大《ばくだい》な金と暴力団の名で押さえたというべきかもしれない。名取グループが経営するホテル・アレーナの伊勢店《いせてん》に、マフィアまがいの暴力団が押しかけた時も、静かに収めたのは眞鍋組だ。

眞鍋組は名取グループの子会社だ、と陰口を叩く者もいないわけではないが、清和にしてみれば名取会長は恩人だ。どのように言われても意に介さない。

昨日の夜、清和は名取会長の呼びだしを受けた。指定された通り、ホテル・アレーナの六本木店《ろっぽんぎてん》のロイヤルスイートへ行くと、胸元と耳にハリー・ウィンストンのイエローダイヤモンドを飾った名取会長の隣に、画商の名取新三郎《しんざぶろう》がいた。白い鬚《ひげ》を生やした新三郎は名取会長の亡《な》き父の従弟だという。北欧製のソファに仲良く並んだ二人から、清和とリキは温かいものを感じたそうだ。

『名取グループと商談のため極秘来日中のカラダリ王家のカーミル皇太子殿下がいらっしゃいまして、お気に召された日本画を百八十八点……当日、画廊だけでなく倉庫にもありました日本画をすべてお求めくださいました』

アラブの大富豪はスケールが違います、と感慨深そうに続けた後、新三郎は苦しそうに息を吐いた。左の胸を押さえているが、病を患《わずら》っているわけではない。精神的なものだ。

『それで？』

いつも冷静なリキが静かに先を促すと、新三郎は名取画廊の失態を明かした。

『カーミル皇太子殿下に納めさせていただいた百八十八点中一点、当方の手違いで贋作《がんさく》が混じっておりました』

　海外のオークションで天文学的な値段がついた日本の至宝とも言うべき名画を、土地成金が手に入れたが、バブルが弾けて手放す羽目になってしまった。流れ、流れて、新三郎の手元に回ってきたのは二年前だ。

　盗難を恐れて、新三郎は弟子が描いたとされる贋作も手に入れていた。一番可愛がられていた弟子が描いただけあって、贋作だと見抜ける者は滅多にいない。

　名取画廊の若いスタッフが不注意から贋作と本物を間違え、カーミルに納めてしまったのだ。つい数時間前、画廊に残されている日本画が本物であると気づいた時、新三郎は目の前が真っ暗になったという。

　下手をしたら、紹介者である名取会長の名誉にも関わる。その場で名取会長に連絡を入れたそうだ。名取会長は経緯《いきさつ》を聞くと、清和の携帯を鳴らした。眞鍋の昇り龍がどのような男か、よく知っているからだろう。

『どうしても抜けられない用事があり、若い従業員に任せてしまったわしの失態です』

　新三郎が苦悩に満ちた顔で言うと、名取会長はたおやかな手を小刻みに振った。

『新三郎さんに落ち度はありません。ちょうどその日はお母様の命日でしたのよ』

『わしが悪かったんじゃ。うちの若いのがそそっかしいのはよく知っていたんじゃ』

　自分を責める新三郎と、そうではないと泣きそうな顔をする名取会長のやりとりに、清和とリキは面食らったという。

清和もリキも絵の世界について詳しくはない。だが、画廊の面子《メンツ》にかけてカーミルに真実を告げることはできないだろう。

昨夜、清和とリキはその時点で名取会長の用件を理解し、以来、サメは一睡もせずにカーミルについて調査したという。

エビもそこまでの展開を聞いて、仕事の内容を悟った。

「つまり、カーミル皇太子に気づかれないように、贋作と本物を交換しろ、ってことですね」

エビが掠《かす》れた声で言うと、リキは真剣な目で頷いた。

「エビ、頼んだぞ」

有無を言わせぬリキの口調に、エビは軽く肩を竦めた。

名取会長たっての願いであれば、清和はどんな難問でも引き受け、必ず遂行する。絶対に失敗できない仕事だ。

エビは脳裏に世界地図を浮かべて、アラビア半島に焦点を定めた。未《いま》だ一度も足を踏み入れたことのない土地だ。

「アラブは専門外です」

今、サメが清和のそばから離れることができないのはよく理解しているが、フランスの外人部隊にいたという彼のほうがアラブに詳しいはずだ。サメの指示で動くのならまだしも、責任者はどだい無理な話だ。

エビは険しい顔つきで拒否したが、リキは取り合わなかった。

「甲府《こうふ》はエビのテリトリーだろう」

予想だにしていなかった地名が出たので、エビはあんぐりと口を開けた。

「……こ、甲府？　なぜ、甲府？」

「昨日からカーミル皇太子は甲府でバカンスだ」

リキの言葉を聞いた瞬間、エビの脳裏には長閑《のどか》な風景が浮かぶ。エビは甲府生まれの甲府育ちで、大学進学を機に上京したのだ。

「……なんで、よりによって甲府？　アラブのプリンスがバカンスに選ぶようなリゾート地じゃないですよ。まあ、甲府なら東京よりカーミル皇太子の顔も知られていないでしょうが」

アラブの大富豪とは王族を示していると言っても過言ではない。エビの故郷はオイルダラーが好むリゾート地からは果てしなく遠かった。甲府出身者としては頭が痛くなってくる。

エビのもっともな疑問に、リキは低い声で答えた。

「甲府は名取会長の故郷だ」

名取は山梨県《やまなしけん》の特徴的な姓の一つで、日本有数の財閥である名取グループのルーツは甲府だ。非公式で来日したカーミルに、名取会長はなんの気なしに故郷について語ったらしい。

素直というか、純粋というか、単純というか、名取会長の話に感動したカーミルはその場で甲府に足を伸ばすことに決めたそうだ。名取会長も腰を抜かさんばかりに驚いたという。

「……まぁ、そうですけどね、確かに名取一族の本籍地です。でも、言っちゃなんですが、甲府は武田信玄《たけだしんげん》くらいしか知られていない土地ですよ。武田神社も大正八年に建てられたもんで、祀《まつ》られているのが武田信玄だから、普通の神社だと思ったら大間違いだし」

観光バスは武田神社に団体客を運んでいるが、わざわざ見に行くほどではない、と甲府出身のエビは信玄を祀る武田神社についてレクチャーした。武田神社は武田信玄のファンが行くところだ、とも。

「俺に言われても困る」

リキの表情はまったく変わらないが、カーミルの行き先には困惑しているようだ。エビは大きく頷いた。

「それもそうですね」

「昨日の昼過ぎに東京での仕事を終え、夕方にカーミル皇太子は甲府に向かった。おそらく、例の日本画も甲府に運ばれた」

名取画廊で買い求めた百八十八点の日本画は、カラダリ王国に送られた形跡はないらしい。エビは素朴な疑問を投げかけた。

「プリンスは甲府のどこに泊まっているんですか？」

「甲府の湯村温泉《ゆむらおんせん》にある桔梗屋《ききょうや》だ」

リキはカーミルの宿泊先を口にした後、サイドテーブルに積んでいた甲府の資料をエビの前に差しだした。すでに目を通したらしく、付箋《ふせん》が貼られている。

「確かに、湯村じゃナンバーワンですが、プリンスのお気に召すかどうか……旅館内に自家用ジェットが着陸できるエアポートはないですよ」

桔梗屋は名取グループ系列の温泉旅館だが、贅《ぜい》の限りを尽くした最高級ホテルに常泊しているカーミルを満足させられるとは思えない。また、湯村温泉自体、ほかの有名な温泉地に比べると地味なことは否めなかった。

「エビ、これがこちらで摑んでいるデータだ」

リキはテーブルに積んでいたカーミルについてのデータを軽く叩いた。カラダリ王国に関する注意事項も記されている。

「この長ったらしいのが本名ですね？　カーミル・ビン・アブドゥッラー・ビン・ムハンマド・アール・カラダリ？　……ん？　こちらにある女性週刊誌にはアールじゃなくて、

アル・カラダリとありますよ……。こっちの雑誌の切り抜きはアル・カラバリです」

一概には言えないが、カラダリ王国では父親や祖父の名前がつく。カーミルが皇太子本人の名前で、アブドゥッラーは父親である国王の名前であり、ムハンマドが祖父である前国王の名前だ。ビンとは息子という意味である。

「たぶん、出版社もよくわからないんだろう」

リキがズバリと指摘したので、エビも神妙な面持ちで同意した。

「そうでしょうね。……なんか、ややこしいな」

エビがデータを前にしかめっ面《つら》をしていると、終始無言だったサメがいきなり立ち上がった。

「エビ、実は時間がないんだ。手筈《てはず》は整っているからすぐに甲府に行って、カーミル皇太子のガイドを務めてくれ」

「……は？　仕込みは終わっているんですか？」

一瞬、サメの仕込みかと思ったが、想定外の出来事が起こったようだ。サメはなんとも形容しがたい顔で首を振った。

「名取グループが紹介したガイドがカーミル皇太子を怒らせたらしい。解雇された」

エビは分厚いデータを手にしたままサメに尋ねた。

「いったい何をして怒らせたんですか？」

名取グループ、つまり地元の桔梗屋がカーミルに紹介した二人のガイドは、それぞれ自分たちに落ち度はなかったと言っているそうだ。カーミルは気位が高く、傲慢《ごうまん》で横暴らしい。カーミルに付き添っている侍従の尊大さも半端《はんぱ》ではないそうだ。

エビの脳裏に扱いにくい王族の姿が容易に浮かび上がる。いやだな、とエビに嫌悪感《けんおかん》が走ったが、見透かしたようにサメの指示が飛んできた。

「名取会長の力を借りて、すでに決まっていた新しいガイドをお前に変更してもらった。まず、カーミル皇太子を怒らせるな」

エビは画商の新三郎の紹介という形で、カーミル皇太子の前にガイドとして立つ。甲府には弟夫婦や親戚《しんせき》、友人たちが住んでいるので偽名は控えたほうが万一の場合好都合だが、できるならば本名で仕事をしたくなかった。

「俺、英会話に自信がありません」

読み書きはできるが、英会話は得意ではない。エビは遠回しに今回の仕事を拒んだが、サメは頰《ほお》を緩ませた。

「その心配はない、カーミル皇太子は日本語ができる」

カーミル皇太子は英語・フランス語・ドイツ語・イタリア語・ペルシャ語・ポルトガル語・中国語・日本語に堪能だった。側近にも語学に堪能な者が揃《そろ》っているという。

「実は俺もシャチと同じように石油成金って好きじゃないんですよね」

シャチが仕事を拒否した理由をエビが口にすると、サメはへらへらと笑った。

「エビ、そんな白々しい嘘を吐くな。今日、カフェでカーミル皇太子の話を聞いていた時、お前に嫌悪感はなかった」

エビは女子校となんら変わらなかったカフェに呼びだされた理由に気づいた。女性向けの有名な雑誌でいくつも特集記事が掲載されていたので、女性がカーミルを話題にする確率は高い。

「……もしかして、それを調べるために女の子だらけの店に行ったんですか？」

サメに対するエビの顔つきと声が自然にきつくなった。

「まさか」

サメはしれっと否定したが、エビの考えは間違っていないはずだ。

「……偶然を狙《ねら》ったんですね」

エビが忌々《いまいま》しそうに舌打ちをすると、口を真一文字に結んでいた清和が勢いよく立ち上がった。

「エビ、どんな手を使ってもかまわない。いくらかかってもいいから、誰にも気づかれないようにすり替えろ。任せたぞ」

確かに、シャチが駄目なら自分以上に適任者はいない。エビはがっくりと肩を落とすと、サポートにつくメンバーを求めた。どう考えても一人では実行できない。

真面目《まじめ》で爽《さわ》やかなイワシに気の回るマグロ、甲府にしっくりと馴染《なじ》みそうなシマアジに元空き巣のタイ、最低でも四人、サポートにつくことを約束させた。場合により、メンバーを増やしてもらうかもしれない。当然、アラビア語に堪能な者も要求する。

清和はすべての条件を呑《の》んだ。

どちらにせよ、ぼやぼやしている暇はない。エビはサメがハンドルを握る車で新宿駅《しんじゅくえき》に行くと、甲府行きの特急列車に飛び乗った。

独身で決まった恋人もいないエビは身軽だ。着替えなど、現地で購入すればいい。エビは頭の中にカーミル皇太子のデータを叩き込む。新宿から甲府まで特急列車で一時間半の間、エビはじっくりと作戦を練った。

甲府に降り立った時、顔立ちを隠すための伊達眼鏡《だてめがね》を外した。今から本名である功刀淳に戻る。

風林火山の文字をいたるところで見つけ、懐《なつ》かしさが込み上げてくるが、そんな場合ではない。気持ちを切り替える。

エビは駅の近くにある百貨店で必要なものを買い揃えると、タクシーでカーミル皇太子が宿泊している湯村温泉に向かった。

甲府駅からタクシーを飛ばして十二分ほどで湯村温泉に着く。

眞鍋組のシマも不況の波に晒《さら》されているが、湯村温泉もご多分に漏れず、年々、客数は減少し、老舗《しにせ》の温泉旅館がいつの間にか総合病院や老人ホームになっていた。高校時代の友人の祖父が経営していた温泉旅館はケアセンターになっている。寂しいが、これが現実というものだ。

カーミルは湯村温泉の迎賓館と称されている桔梗屋を借り切っていた。創業以来、初めての出来事だ。カーミルが女将《おかみ》にチップのように出した前金は、バブル時の桔梗屋の純利益を軽く超えていた。

急な貸し切りだったため、予約を入れていた客はほかのホテルに回したそうだ。ハタ迷惑なプリンスの所業だが、予約を入れていた客から不満はいっさい上がらなかったという。それどころか、降って湧《わ》いた幸運にはしゃいだ者もいたらしい。宿泊費は十倍になって返ってきたし、新しく用意された部屋や料理は最高級だったからだ。もちろん、カーミルがすべての金を出した。

成金と言ってしまえばそれまでかもしれないが、一般家庭で生まれ育ったエビには釈然としないものがある。

門やエントランスにカラダリ人の護衛はいない。体格のいい桔梗屋の従業員が立っている。

体格のいい従業員に名乗り、情緒溢れる桔梗屋に足を踏み入れた。

吹き抜けが素晴らしいロビーには、滝が造られていてとても風流だ。滝から続く川は一階の南にあるラウンジに流れていた。

受付の前には着物姿の女性がいる。

「カーミル皇太子殿下のガイドとして参りました功刀淳です」

初老の域に達しても瑞々《みずみず》しさを失わない旅館の女将は、エビの顔を見ると安堵《あんど》の息を漏らした。

「功刀さん、名前からして山梨の方かしら？　待っていたのよ」

功刀は山梨県の特徴的な名字で、祖先は武田家に仕えていたとされているが、定かではない。

「はい、よろしくお願いします。……前任者が皇太子殿下のご機嫌を損ねたとお聞きしたのですが」

少しでも情報を摑んでおきたかったので、縋《すが》るような目で女将を見つめた。カーミルの機嫌を取ってほしいのは女将も同じだ。

「そうなのよ、うちがお世話したガイドさんがカーミル殿下を怒らせてしまったの」

男性客に最高に評判のいいガイドを二人、カーミルに紹介したという。カーミルの怒りに女将も当惑しているようだ。

「いったいどのような理由で怒られたのですか？」

「ガイドさんはガイドさんなりに殿下に楽しんでもらおうと骨を折ったみたいなの。けど、殿下がお若い男性ということを意識しすぎたようだわ。お付きのイルファーン様は喜んでくださったみたいだけどね」

女将はカーミルと同年代の男性スタッフの意見で、男性客に評判のいいガイドを指名したらしい。口ではガイドを罵《ののし》らないが、選んだことをひどく後悔しているようだ。

イルファーンとはカーミルの側近で王族の一員である。もっとも、王族といっても傍系で、直系のカーミルとは天と地ほどの差があった。

「女将さん、はっきりと教えてください」

文化が違えば常識も異なる。現代の日本で生きている者にとって理解できないかもしれない。よかれと思ってしたことが仇《あだ》になる。

若い男を楽しませようと思ったら女を用意するのが手っ取り早い。男性客に評判のいいガイドというフレーズにエビはひっかかった。もしかしたら、コンパニオンやホステスなど、女性を調達するのが上手いので、男性客に評判がよかったのかもしれない。

肌も露《あらわ》な女性が侍《はべ》るクラブやキャバクラが、エビの脳裏に浮かんだ。情報から考える限り、王位継承権第一位であるカーミルは、アッラーの目は甲府にまでは届かない、と羽目を外すような男には思えなかった。

ちなみに、カーミルの遠い親戚は海外の高級クラブで豪遊している。正確に言えば、高級クラブで遊ぶために海外へ行くのだ。

「若くて綺麗な女の子をカーミル殿下にお世話したみたいね。ナスリー様はカーミル殿下と同じようにご立腹」

ナスリーはカーミルの乳兄弟《ちきょうだい》で、幼い時から影のように従っている。忠義一筋の堅物のようだ。

「コンパニオンを呼んだのですか？」

「うちにコンパニオンを呼ばせたりしませんよ」

女将のプライドを傷つけたらしいので、エビは即座に詫《わ》びた。

「失礼しました」

「……カラダリ王国は進歩的なお国だとお聞きしていますけど、宗教には厳格ですし、殿下はとても高潔なお方です。あのようなガイドさんを選んだうちが迂闊《うかつ》でございました」

ガイドがカーミルを若い女性が侍る店に連れていったのだと判断する。エビにしろカーミルは若い美女で歓待して、気を緩めさせるつもりだった。今夜にも眞鍋組の美女軍団が甲府入りする予定だ。美女の人選はイワシに任せている。

女将はカーミルがいる特別室に電話でガイド到着を伝えた。だが、けんもほろろに断られたようだ。受話器を握り締めたまま、女将は大きな溜め息をつく。

「女将さん？　皇太子殿下はなんと仰《おっしゃ》っているのですか？」

「カーミル殿下は誰にも会いたくないらしいわ。イルファーン様もお困りみたいね」

応対してくれたのは王族であるイルファーンのようだが、取り次いでさえもらえなかった。

「私も仕事ですから、このまま帰るわけにはいきません。せめてご挨拶だけでも」

エビは自分の胸に手を当てて、女将に訴えるように言った。

「そうですわね」

女将に先導されて、カーミルがいる特別室に向かった。エレベーターで八階に上がる。

特別室の前には白いガンドゥーラに身を包んだ護衛が二人、立っていた。それぞれ、神聖なるものとされている頭には頭巾《ずきん》のグトゥラを着けている。

「新しいガイドをお連れしました。カーミル殿下にお取り次ぎをお願いします」

女将が深々と腰を折ると、目つきの鋭い護衛は特別室に入っていった。日本語はわからないらしいが、用件は訊《き》かなくてもわかるのだろう。ものの一分もたたないうちに、護衛は帰ってきて首を振る。

「カーミル皇太子殿下にご挨拶だけでも」

どんなにエビが頼んでも、特別室の扉は開かない。機嫌が悪いことは承知していたが、ここまでひどいとは予想していなかった。そもそも前述のガイドもカーミル自身はさして望んでいなかったようだ。見通しが甘かったのかもしれない。

「開け、ゴマ」

アラビアンナイトに登場するアリババになったつもりで呪文《じゅもん》を唱えてみたが、秘密の洞《どう》窟《くつ》の扉ならぬ特別室の扉は開かなかった。女将が口元に手を当てて楽しそうに笑っている。

「イフタフ、ヤー、シムシム」

自棄《やけ》っぱちになったわけではないのだが、エビはアラビア語でも宝物が隠されている秘密の洞窟の扉を開く呪文を大声で唱えた。イフタフが開け、シムシムがゴマという意味だ。ヤー、は呼びかけである。

体格のいい護衛たちは面白そうに微笑んだが、肝心のカーミルには届かない。虫の居所が悪い時にあれこれしても墓穴を掘るだけだ。

計画を練り直したほうがいい。

エビは女将に礼を言うと、桔梗屋を後にした。サメに相談している暇はない。タクシーを飛ばして甲府に向かった。

2

翌朝、女将《おかみ》はエビを連れて、地元の食材だけで作った朝食をカーミルがいる特別室に運んだ。女将の後ろに続くベテランの仲居たちも緊張している。

エビの姿を見たカラダリ人たちは仰天したらしく硬直した。警備の責任者であるハマドは魂が抜けた人形のようだし、優しい顔立ちをしたイルファーンは口を大きく開けたまま固まっている。野性的な風貌《ふうぼう》のナスリーは剣を手にしたが、カーミルは横柄な態度でエビを一瞥《いちべつ》しただけだ。凜々《りり》しく整ったカーミルの顔に感情は出ていない。

エビは鎧《よろい》兜《かぶと》を身につけ、風林火山の軍旗を持っていた。戦国時代の武将、と言いたいところだが小柄なので少々無理があるかもしれない。

「信玄公《しんげんこう》の使いにございまする。カーミル皇太子殿下を武田《たけだ》の館《やかた》にお連れしたい」

異国のカーミルにどこまで通じるかわからないが、エビは堂々と言い放った。気分は時代劇俳優だ。

カーミルの表情はいっさい変わらないが、無視はされなかった。

「女がそのような姿をするでない」

カーミルが朗々と響く声で言うと、傍《かたわ》らに控えていたナスリーとイルファーンもそれぞれ頷《うなず》く。

　エビは子供の頃からしょっちゅう女の子に間違えられていた。けれども、この扮装《ふんそう》で女に間違えられるとは思ってもみなかった。予想外の反応だ。

「男です」

　エビは兜を脱ぐと、畳に手をつき、頭を下げて古式ゆかしい挨拶《あいさつ》をした。異国のプリンスに最高の礼儀を払う。

「……男なのか？」

　カーミルは心の底から驚いたらしく声が震えたが、王者の風格は損なわれていない。まだまだ若いが無条件で人の上に君臨する素質を兼ね備えていた。テレビや雑誌で見るより、何倍も威厳がある。

「はい、生まれた時から男です」

　カーミルは顔を上げたエビを鋭い双眸《そうぼう》で凝視した。

「子供か」

　カーミルは可憐《かれん》な花のような風情《ふぜい》が漂っているエビを少年だと思ったようだ。周囲にいる側近たちも少年ということで折り合いをつけたらしい。

「いくつに見えるのか知りませんが三十歳です」

　エビが胸を張って歳《とし》を告げると、カーミルは声を失った。周囲にいた側近たちも驚愕《きょうがく》したらしい。

　なんとも言いがたい沈黙が辺りに流れた。

　カーミルは二十歳《はたち》だが、大人びていて実年齢より遥《はる》かに年上に見える。側近のナスリーも二十歳だというが、どこからどう見ても、エビより年下には見えない。

　まじまじとエビの顔を見つめながら、カーミルが沈黙を破った。

「子供にしか見えぬ」

　嘘《うそ》でも冗談でもないし、揶揄《からか》っている気配もない。カーミルの目にはどうしても子供にしか見えないようだ。

「聡明《そうめい》なる皇太子殿下、いくらなんでもそれは少し言葉が過ぎませんか」

　エビが顔を引《ひ》き攣《つ》らせると、カーミルは尊大な態度で言った。

「妥当な表現だ」

「では、殿下、今日は遊びたい盛りの子供と遊んでください」

　エビが無邪気な笑みを浮かべると、カーミルは切れ長の目を細めた。

　どうやら、お気に召したらしい。

風林火山

朝食を摂《と》った後、カーミル一行を連れて桔梗屋《ききょうや》を後にした。行き先は富士山麓《ふじさんろく》にある遊園地だ。

ちなみに、エビは鎧兜を外し、シャツとジーンズというラフな服装に着替えた。ますます若く見えるらしく、カーミルの側近たちは『東洋の神秘……』と呟《つぶや》いた。

カラダリの大富豪の基本は貸し切りだ。エビもわかっているので、絶叫マシンがある遊園地を強引に借り切った。休園日でなければ急な貸し切りは難しかっただろう。

「殿下、これに乗れるのは五十四歳までです。お互い、五十四にはまだまだ時間がありますが、今のうちに乗っておきましょう」

エビが元気よく年齢制限のある絶叫マシンに誘うと、カーミルは無言で頷いた。視線だけで側近たちにもつきあわせる。総回転数がギネス世界記録に認定されているコースターに乗った。

スリル感は言葉では表現できない。

乗り終えた後、優しい容貌《ようぼう》のイルファーンはぐったりとして、精悍《せいかん》なナスリーに支えられていたが、カーミルは平然としていた。表情はこれといって変わらないが、カラダリのプリンスは満足したらしい。

「殿下、まだ行けますね。次はあれに乗りましょう」

エビが世界に誇るローラーコースターを差すと、カーミルは無表情で頷いた。こういった乗り物が嫌いではないらしい。

いつでもどこでもカーミルにつき従うのは側近の役目だ。イルファーンは今にも倒れそうだが、ナスリーの腕を借りてカーミルに続く。

エビはイルファーンの使命感に感心するが、どう考えてもローラーコースターに耐えられるとは思わない。

青空の下、ローラーコースターは威嚇《いかく》するようにその存在を主張していた。普段ならば、客たちの絶叫が響いてきたに違いない。

「イルファーン、控えておれ」

王者らしいというか、カーミルは鷹揚《おうよう》な態度でイルファーンを気づかったが、当の本人は首を振って拒んだ。

「我に己の職務を放棄せよ、と殿下はお命じなさるのか」

イルファーンの忠義心にカーミルは目を細めた。

「そなたに職務を与える。我がこれなるものに乗る様を見ておれ。どのように見えるのか、後で報告するように」

カーミルが張りのある声で命令すると、イルファーンは照れくさそうに承諾した。イルファーンも引《ひ》き際《ぎわ》はきちんと弁《わきま》えている。カーミルの視線の先にあるベンチにすごすごと下がった。

「ナスリー、イルファーンとともに控えておれ」

カーミルはナスリーにもイルファーンと同じ命令を下す。ひとえに、イルファーンに対する心遣いだ。

側近を思うカーミルの優しさに触れて、エビの心がふんわりと和《やわ》らぐ。明るい笑顔でカーミルに声をかけた。

「じゃあ、殿下、行きましょう」

エビはカーミルとともにスリル満点の怪物マシンを楽しんだ。

見ているだけで気分が悪くなるのか、側近のイルファーンはベンチで真っ青な顔をしていた。屈強な護衛官たちも顔色は芳《かんば》しくない。世界に誇る怪物マシンに対する畏怖《いふ》さえ感じた。

どこか滑稽《こっけい》だが、彼らを笑ってはいけない。また、これ以上、彼らを心配させるのも忍びない。

次なる目的地は青々とした緑に囲まれた水のエリアだ。

「殿下、次は水遊びにしましょう」

エビはカーミルを誘って、円型ボートに乗り込んだ。赤い鳥居を潜ると、ウォーターアトラクションが始まり、エビとカーミルを乗せた円型ボートがローラーコースターのような巻き上げで水路を登っていく。最高部に到達してから、円型ボートは激しく回転しながら水路を下る。

「うっ……」

水飛沫《みずしぶき》をまともに食《く》らい、カーミルは低い声を発した。エビは嵐《あらし》の海に小舟で浮かんでいるような気分になる。まさしくそういった状態をウォーターアトラクションは作っているのだが。

「殿下、大丈夫ですか？」

髪の毛から雫《しずく》を垂らしているカーミルは、置物のように固まっていた。どうやら、目の焦点が合っていないようだ。

「………」

「これが水遊びの醍醐味《だいごみ》ですよ」

喋《しゃべ》るために開けたエビの口にも水が入った。渦巻きを体験しているような気分だ。

「………」

放心しているわけではないのだろうが、半開きのままのカーミルの口にも水飛沫がかかる。ウォーターアトラクションの水は、身体《からだ》にいいとは到底思えない。

「殿下、口は閉じていたほうが賢明です」

水の仕掛けはこれだけではない。仕上げとばかりに、大きなタライから凄《すさ》まじい水飛沫がかかった。エビは実のところ、ウォーターアトラクションに乗るのは今回が初めてだ。

噂《うわさ》には聞いていたが、ここまでびしょ濡《ぬ》れになるとは知らなかった。エビとカーミルのよけ方も下手なのかもしれない。

「今のは？」

頭からモロに水を被り、カーミルは呆然《ぼうぜん》としている。

「タライですね」

「タライ？」

エビはタライについてカーミルにレクチャーする自信がなかった。

「日本の名産品です」

「……なるほど」

締めくくりは招き猫だ。降り場に到着した時、エビもカーミルもびしょびしょに濡れていた。側近のイルファーンとナスリーは目を丸くしている。

エビは精悍なカーミルを探るように見つめた。間違いなく、カーミルは楽しんでいる。皇太子といえどもまだ二十歳だ。祖国を遠く離れ、現実を忘れて、解放感に浸っているのかもしれない。

朝から晩まで、侍従やガードに傅《かしず》かれている皇太子だ。ここは無邪気な子供路線で攻略したほうがいいのかもしれない。

「殿下、ここまで濡れたらどうってことありません。もう一度、行きましょう」

エビが威勢よく再び誘うと、カーミルは爽《さわ》やかな笑みを浮かべた。二十歳の青年らしくて、思わず、引き込まれそうになる。王家の鎧のようなものが消え失せたようだ。

結果、連続で五回、びしょ濡れになるウォーターアトラクションを楽しむことになった。カーミルは新しいガンドゥーラに着替える。頭巾を押さえるアガールも新しいものに替えた。もともと、一日に最低でも三回以上、着替えるらしい。

一日五回のお祈りも欠かさない。時に五回以上、お祈りをすることもあるそうだ。エビにしてみれば面倒くさいとしか思えないお祈りだが、決して態度には出さない。

カーミルは側近たちとともに神に祈りを捧《ささ》げた。厳《おごそ》かな様子から信仰心が伝わってくる。

それから、エビとともに再び絶叫マシンを楽しむ。レストランで軽い食事をした後、日が暮れるまで貸し切りの遊園地を堪能した。

エビとカーミルの間でこれといった会話は交わされない。側近たちも口はいっさい挟まない。それでも、何かが変わりつつあるような気がした。

茜色《あかねいろ》に染まった湯村温泉《ゆむらおんせん》に戻り、満面の笑みを浮かべた女将の出迎えを受ける。

「殿下、明日も参上させていただきます」

エビが別れの挨拶をすると、カーミルは王者らしく鷹揚に頷いた。ガイドとして認められた瞬間だった。

今回の仕事の拠点として、甲府駅と湯村温泉の間にある一軒家を借りた。なんら変哲のない庭付きの民家の内部はすでに事務所と化している。イワシやマグロ、タイやシマアジといったサポートメンバーも揃《そろ》っていた。

居間のテーブルには甲州《こうしゅう》ワインビーフ弁当の残骸《ざんがい》が山のように積まれている。空になった甲州ワインの隣には、名物であるあわびの煮貝の痕跡《こんせき》もあった。すでに腹ごしらえは終えたようだ。

「おい、俺がなんのために王子サマ一行を連れだしたと思っているんだ？」

カーミルや切れ者と評判の側近、てだれの護衛官がいなくなった桔梗屋に、元空き巣のプロのタイが忍び込み、ターゲットの在《あ》り処《か》を探り、可能ならば贋作《がんさく》と本物をすり替える手筈《てはず》になっていた。

それなのに、タイはターゲットの在り処を探るどころか、目星をつけることもできなかったらしい。

「すまん」

日本画を積んだワゴン車で控えていたマグロとシマアジが、同じタイミングで頭を下げた。

「何があったんだ？」

エビが怪訝《けげん》な顔で訊《き》くと、シマアジが頰を掻《か》きながら答えた。

「カラダリの坊やのガードは予想以上だった」

カーミルがいなくても宿泊施設に屈強な護衛官が何人も残っていた。それは誰もが予想していたので驚かない。

けれど、桔梗屋だけでなく、湯村温泉地一帯を護衛しているとは考えもしなかった。

マグロとシマアジが湯村温泉地の入り口付近にある商業施設の駐車場でタイの連絡を待っていると、カーミルの護衛官とともに警察官が現れたという。地元の警察も湯村温泉に海外の王族が極秘に滞在していることは当然把握している。

『一時間、ここで停《と》まったままだね？　こんなところで何をしているんだね？』

中年の警察官はのんびりとした調子で尋ねてきたが、侮れないことは誰もがよく知っている。

『……す、すみません。睡眠不足で……仕事中なんですよ。上司にバレるとヤバイんで勘弁してください』

素朴な青年を装ったシマアジが上手く誤魔化したが、そのまま駐車場に留《とど》まることは危険だった。

「警察か……」

カーミルの立場を考慮すれば、国家権力が出てきても不思議ではない。桔梗屋の内部にも日本の警察官がいたという。

シマアジから連絡を受け、タイはせっかく忍び込んだ桔梗屋から引き揚げた。

「賢明な判断だ」

すべての経緯を聞き、エビはメンバーが取った行動を支持した。強引に進めても墓穴を掘るだけだ。

「ついでに報告すると、盗聴器を仕掛けても無駄だ」

タイが物々しい警備の桔梗屋内について述べたので、エビも大きく頷いて同意した。

「そうだろうな」

「下手に仕掛けても、御一行サマの危機管理がレベルアップするだけだろう」

「わかっている……タイ、全然、目星がつかないのか？」

エビは軽く頷いてから、タイに視線を流す。かつて空き巣で一財産築いたというタイならば、どこに日本画が保管されているのか、わかるかもしれないと期待した。しかし、一《いち》縷《る》の望みは無残にもすぐさま打ち砕かれた。

「目星はつくけど確信できない。今はまだ言えん」

降参というわけではないだろうが、タイは左右の手を上げた。シマアジやマグロ、イワシも同じ仕草をする。

　今回の責任者であるエビまで両手を上げるわけにはいかない。

「なんの役にも立たないかもしれないが、カラダリ王家について調べてくれ。ついでに、大使館もチェックしてみるか……これは東京にしてもらおう」

　王室関係者がいかなるものか知らないが、側近のイルファーンやナスリーだけでなく、末端の若い護衛官まで一様にピリピリしていた。どこがどうとは言えないが、何かが不自然なのだ。一瞬でも自然な微笑を浮かべたのは、皇太子のカーミルぐらいだ。

「ああ、東京にいる奴らもこき使え」

　タイは楽しそうに東京に残っている者たちのことを口にした。ほかの面々もそれぞれ大きく頷いて同意する。

「御一行サマに帰国されたら一巻の終わりだ。それまでになんとかしないと」

　エビはカーミルのデータを改めて眺めた。

3

晴天の翌朝、エビはカーミルが朝食を終えた頃を見計らって顔を出した。気に入られたらしく、すんなりと特別室に通される。

カーミルは障子《しょうじ》が開け放たれた五十畳の和室にいた。どっしりとした桐《きり》の卓につき、新聞に目を通している。

純和風の背景にエキゾチックなプリンスはミスマッチだが、噴きだしてしまうほど滑稽《こっけい》ではない。エビはカーミルがいる和室の入り口付近で膝《ひざ》をつくと頭を下げた。

「殿下、おはようございます」

エビが明るい笑顔で朝の挨拶《あいさつ》をすると、カーミルは無言で頷《うなず》いた。傍《かたわ》らに控えているイルファーンとナスリーも、エビに視線を流しても言葉は返さない。

「殿下、近くに寄ってもよろしいですか？」

エビが凛《りん》とした声で尋ねると、カーミルは視線だけで承諾した。敬意を払うエビには側近も満足しているようだ。

エビは物音を立てないように注意して、カーミルのそばに近寄った。もちろん、横には並ばない。

「さぁ、今日はどちらで遊びましょう」

エビはカーミルの前に山梨県《やまなしけん》の旅行ガイドを開いた。カーミルは何も言わず、桐の卓に載せられた旅行ガイドのページを捲《めく》る。

「山梨はぶどうやももが名産なんですが、残念なことに時季ではありません。今はさくらんぼなんですが……」

エビが果物王国である山梨について説明すると、カーミルは善光寺《ぜんこうじ》の写真を指で差した。

「こちらに行きたい」

カーミルの言葉を聞き、エビはガラス玉のような目を見開いた。アッラーを唯一の神として信仰しているムスリムの希望とは思えない。

「寺ですよ？」

エビが神妙な顔つきで確かめると、カーミルは無言で頷いた。希望ならば、反対する理由はない。エビは頷いてみせる。

「殿下、お昼にはバーベキューでもしますか？　甲州《こうしゅう》ワインビーフはなかなか美味《うま》いですよ」

エビがバーベキューの写真を指で差すと、カーミルは低い声で言った。

「よきに計らえ」

カーミルの返事を聞き、エビはにっこりと微笑《ほほえ》んだ。

「お任せいただき、ありがとうございます」

エビの言葉に満足したようで、カーミルの雰囲気が柔らかくなった。側近たちからも及第点をもらったようだ。

エビはカーミルとともに湯村温泉《ゆむらおんせん》を立ち、甲府市内《こうふしない》にある善光寺に向かった。自家用ジェット機やヘリコプターを飛ばす必要はない。車でもすぐに到着したので、カーミルは戸惑ったようだ。

甲府駅から善光寺まで歩いたら、いい運動になるかもしれない。

場所が場所だけに貸し切りにできなかったのだが、善光寺の駐車場に観光バスは停《と》まっていなかった。

境内にある土産物屋《みやげものや》の女性店員はカラダリ人の団体にびっくりしたようだが、騒いだりはしない。

「コーヒーもあるから休憩していってね」

愛想《あいそ》のいい中年の女性店員は陽気に声をかけてくる。土産物を販売しているだけでなく、コーヒーや紅茶、ソフトドリンク、ところてんやおやき、ソフトクリームなども取り扱っていた。テントの下に長い椅子《いす》と長いテーブルを置き、ちょっとした喫茶スペースにしている。

「殿下、巨峰《きょほう》のソフトクリームは山梨の名物です。ソフトクリームに黄粉《きなこ》と黒蜜《くろみつ》をかけた『信玄《しんげん》アイス』も名物です。『信玄餅《しんげんもち》』も名物です。甲府ではなんでも『信玄』をつけて名物にします」

カーミルがどこまで理解できるのか不明だが、エビは喫茶のメニューについて説明した。

カーミルは無言で軽く頷いている。

中年の女性店員は若い護衛官たちにも元気よく声をかけた。「今日は暑いわねぇ。ちょっと休んでいきなさいよ。かき氷もあるわよ」と。

若い護衛官たちは明るい笑顔で手招きをする呼び込みに興味を抱いているようだが、今はそういう時ではない。カーミルをさしおいてかき氷を食べるなど言語道断の所業だ。

「氷の冷たさは万国共通、どこでも同じです」

エビが軽い冗談を口にすると、カーミルの鋭い双眸《そうぼう》が優しくなった。氷の冗談を気に入ったわけではない。自分を楽しませようとするエビにカーミルの心が和《やわ》らいだのだ。

カーミルの気持ちはエビもなんとなくだが気づいた。

「休憩はお参りしてからにしましょうか」

エビが重要文化財に指定されている金堂《こんどう》を人差し指で示すと、カーミルは視線だけで同意した。機嫌はいいようだ。

側近のナスリーやイルファーンは辺りに神経を尖《とが》らせていた。護衛の責任者であるハマドもピリピリしている。

ヒットマンに狙《ねら》われている清和を命がけで守ろうとする眞鍋《まなべ》組の組員が、エビの脳裏に浮かんだ。

もしかして、誰かに狙われているのか、と。

周囲とは裏腹に、カーミルに緊張感はない。荘厳なムードが漂っている金堂を一瞥《いちべつ》した瞬間、カーミルはサラリと言った。

「この場をすべて買い上げる。そなたに任せよう」

一瞬、帝王然としたカーミルが何を言っているのか、エビは理解できずに訊《き》き返《かえ》した。

「……は？」

カーミルはきょとんとしているエビを真上から見下ろした。彼には王者の威厳が満《み》ち溢《あふ》れている。

「そなたに我が命を与える」

カーミルの命令を理解した瞬間、口から心臓が飛び出るかと思った。エビはガクガクする顎《あご》に両手を添える。

「……で、で、で、できるわけないでしょう」

馬鹿《ばか》か、と罵《ののし》らなかった自分をエビは褒めたくなったが、世界に名だたる大富豪には通じない。

「金はいくらかかってもかまわぬ」

この世は金さえあればなんでも買える。それについてはエビも反論しない。だが、どんなに金を積んでも善光寺は買えない。

「問題は金じゃありません、絶対に無理です」

エビは全身に力を込めて叫んだが、天の恩恵を受けすぎたカーミルには届かない。

「我の名を出せ」

金が通用しなかった場合、これまで名前で押し通したようだ。かつて世界中で顰《ひん》蹙《しゅく》を買った成金の話が脳裏に浮かぶ。

「殿下のお名前に傷がつくような行動はやめましょう」

エビは決死の覚悟で名誉を口にしたが、カーミルは善光寺を眩《まぶ》しそうに眺めながら言った。

「我の別荘にふさわしい場所だとは思わぬか」

魔法のランプを持って生まれてきたような男にどうやって諦《あきら》めさせればいいのか、エビはほとほと困ってしまった。

参拝に来た老夫婦がカーミル一行を見て、口を大きくポカンと開ける。異国の装束を身につけた体格のいい異国人の団体に驚いているようだ。

「ほぇ〜、どこの国の人よ」

孫らしき女児を連れた老婆も異国人の団体にびっくりしていた。幼い女児は無邪気にクマのような護衛官に手を振っている。

「殿下、とりあえず、ここを出ましょう」

エビはカーミルの手を摑《つか》んで、そそくさと金堂から出た。ふたりの手は色も大きさもまったく違う。

無礼だと咎《とが》められはしなかったが、カーミルはエビの白い手をじっと見つめている。

堅物のナスリーが険しい顔つきで注意した。

「己を弁《わきま》えろ」

エビはナスリーの言葉に頷いたが、カーミルの手は放さなかった。駐車場までそのまま行くと、停めていた黒いロールス・ロイスに乗り込む。エビはカーミルの横にちんまりと座った。

「そなた……」

カーミルは強引なエビの態度に驚いているが、怒っている気配はない。ナスリーやイルファーンも主人であるカーミルに続いて、特注のロールス・ロイスに乗車した。見事なペルシャ絨毯《じゅうたん》が敷かれた車内は応接室のようだ。クリスタルのライトの下には流麗な大理石のテーブルがあり、ミニバーも設置されている。座席は座り心地のいいソファだ。

エビはカーミルを説得するためにロールス・ロイスに乗り込んだので、運転手に発車させないように注意した。それから、横にいるカーミルを見つめた。

「殿下はアメリカに留学の経験がありますね」

カーミルは神童との誉《ほま》れが高く、幼い時から帝王教育を受けてきた。十六歳になった時にはすでに国随一の大学を卒業し、アメリカに留学している。王宮の中しか知らない王子ではない。

「いかにも」

「ホワイトハウスをどうして別荘として買わなかったのですか？」

エビが挑むように訊くと、カーミルは拍子抜けするぐらいあっさり答えた。

「あの建物は好かぬ」

どうやら、カーミルはアメリカの象徴とも言うべきホワイトハウスが好みではないらしい。出鼻をくじかれたが、ここで怯《ひる》むわけにはいかなかった。

「たとえ、お気に召さなくても歴史のある立派な建物です。殿下の別荘にふさわしいと思いませんか」

「気に入らぬものを手に入れても仕方あるまい」

あくまでプライベートの買い物は本人の趣味らしい。

「……そういう意味じゃなくて、あ～、殿下も男なら、ホワイトハウスを別荘にしてごらんあれ」

埒《らち》の明かないカーミルに焦《じ》れて、エビは煽《あお》るように言った。思い余って、カーミルの大きな手をぺちぺちと叩《たた》いてしまう。

ナスリーが注意しようとしたが、イルファーンが無言で止めた。思慮深いイルファーンはエビを支持している。

カーミルは男にしては繊細なエビの手を不思議そうに眺めつつ言った。

「アメリカの心に触れてはならぬ」

この世に手に入れることができないものがあると、カラダリのプリンスはきちんと理解していた。エビはほっと胸を撫《な》で下《お》ろしたが、安心するのはまだ早い。これからが肝心だ。

「善光寺はホワイトハウスではありませんが、ホワイトハウスと同じようにどんなに金を積んでも買えない場所です」

エビが切々とした口調で訴えると、カーミルは切れ長の目を細めた。

「…………」

「殿下の国の教会……えっと、モスクですか？　モスクと同じような場所ですから諦めてください。ほかの別荘を探しましょう」

エビの気持ちが届いたのか、カーミルはよく通る声で言った。

「そなたの意見を採用する」

「ありがとうございます」

エビが安堵《あんど》の息を漏らすと、カーミルは軽く微笑んだ。

「ほかにいい別荘はあるか?」

「やっぱり殿下には温泉付きの別荘をお勧めしますね。身体《からだ》にもいいですよ」

戦国時代、武田信玄率いる軍勢が戦いで受けた傷を癒した温泉が、山梨県には点在している。現在、カーミルが滞在している湯村温泉も信玄の隠し湯の一つだ。下部温泉《しもべおんせん》、増富温泉《ますとみおんせん》もそうである。

「桔梗屋《ききょうや》か?」

カーミルにとっては老舗《しにせ》の桔梗屋も別荘候補にしか見えないようだ。石油を制する大富豪の感覚はどこか違う。

自分でもわけがわからないが、エビは両親を思い出した。

『たまには温泉に行こう』

父は温泉でゆっくりとしたがったが、節約を第一に掲げている母は反対した。

『わざわざ温泉に行かなくても、前の空き地を掘ればいいじゃない。近所の公園でもいいわ。甲府ならどこを掘っても温泉が出るわよ』

無意識のうちに、エビは母のセリフを口にしていた。

「……っと、甲府ならどこを掘っても温泉が出ますよ」

鼻で笑い飛ばされると思ったが、カーミルは口元を緩めた。

「石油を掘るより、楽しいかもしれない」

空耳かと思ったが、それにしては様子がおかしい。エビは惚《ほう》けた顔で訊き返した。

「……はい？」

「温泉を掘る」

カーミルが王者の風格を漂わせて宣言した時、エビは我に返って慌てふためいた。

「無理です。甲府だからどこを掘っても温泉が出ると思いますが、ツルハシやスコップで掘るわけじゃありませんよ」

エビの母親はツルハシやスコップで温泉は掘れるものだと思い込んでいた。実際には近年六千キロあるボーリングマシン、いわゆる掘削機で千メートル以上、細長い穴を掘るのだ。少しでも効率をよくするために、掘削機を囲む鉄骨の櫓《やぐら》を立てる。櫓の高さは二十四メートルは必要だ。

「わかっておる、石油もツルハシやスコップでは掘れぬ。金はいくらかかってもかまわぬ」

「そ、そのですね、日本では温泉を掘るにも知事の許可が必要です」

所有している土地ならば勝手に温泉を掘ってもいい、と思い込んでいる者は意外にも多いが、各都道府県知事による許認可事項になる。

「我の名を出して許可を得よ」

県知事ごときの許可がどうして必要なのか、と自尊心の高いカーミルは憤《いきどお》っているような気配があるが、決して口に出したりはしない。ナスリーは憤慨しているが、イルファーンに小声で宥《なだ》められていた。ここは日本だ、と。

「山梨がいつかわかりませんが、年に二、三回、環境保全審議会という学識経験者の調査・審議と称する詰問を乗り越えないと許可がおりません。この審議会の日程に合わせないと、三ヵ月、下手をすると半年ぐらい温泉を掘るのが延びます。まず、殿下の滞在中に許可はおりないでしょう」

「県知事を呼びだせ」

そんな用件で知事に急なアポイントメントを入れたら王家の恥だぞ、とエビは喉《のど》まで出かかったがぐっと堪《こら》えた。ふと妙案を思いつく。

「慈悲深いカーミル殿下にお願いがございます。現在、我が国は不景気に苦しんでおり、温泉業界も例外ではありません。資金不足で作業が中断している温泉がございます。救ってくださらないでしょうか」

エビはタクシーの運転手から苦境に立たされている温泉業界の実態を聞いた。桔梗屋の女将《おかみ》に訊いて確かめてもみた。女将も助けてやりたいが、どうすることもできないという。

「よかろう」

カーミルは深くと、それまで口を挟まなかったイルファーンは静かに答えて頭を垂れた。

「おおせのままに」

あれよあれよという間に、カーミルの言葉は現実になる。まさに、魔法のランプを擦ったようだ。

いったい何をしに来たんだよ、温泉なんか掘ってどうするんだよ、温泉を掘る砂漠の王子サマなんて聞いたことねぇぞ、温泉より石油を掘るほうが絶対に楽しいぞ、温泉が出なかったらどうしよう、温泉、出てくれよ、と決して口に出せない思いが、エビの中ではぐるぐると回っている。

カーミルは資金不足で中断していた温泉掘削地一帯を買い取り、業者に作業を再開させた。

業者が言うには「あと少し」というところまで作業が進んでいたらしい。エビはその言葉を信じるしかなかった。

辺りが夕やみに包まれた時、ものの見事に温泉が湧《わ》きでる。

「アッラーフ　アクバル」

カーミルが椅子から立ち上がって神を称《たた》えると、側近のナスリーやイルファーンも続いた。護衛の責任者であるハマドも神を称賛する。

エビは夢物語を見ているような気分になったが、これはアラビアンナイトではない。それから、掘り当てた温泉を眺めつつ、雄大な自然の中でバーベキューをした。昼に予定していたバーベキューがずれ込んだのだ。

エビは取り寄せた甲州ワインビーフと新鮮な有機野菜を器用に焼いた。カーミルや側近たちは旺盛《おうせい》な食欲を見せている。ナスリーは気持ちがいいほど豪快に焼き上がった甲州ワインビーフに食らいつく。イルファーンは自分の皿に載せた甲州ワインビーフをナスリーに譲った。

カーミルとナスリーの食べるピッチが早い。エビはカーミルとナスリーを待たせないように、せっせと網に甲州ワインビーフを載せた。

「石油より温泉のほうがいいものだ」

カーミルがしみじみと言ったので、甲州ワインビーフを焼いていたエビの手が止まった。

「どうした?」

カーミルが案じるように、固まっているエビを見た。

「……いえ、ちょっと驚いただけです」

エビはカーミルに軽く頭を下げてから、いい焼き具合のロースをナスリーの皿に載せた。カーミルの皿にも分厚いロースを運ぶ。

「なぜだ？」

カーミルは皿のロースに一瞥《いちべつ》もくれず、網に玉葱《たまねぎ》とジャガイモを載せるエビに尋ねた。

「温泉で国は成り立ちません」

カーミルの国に石油がなければ、今でも列強の支配を受けていたかもしれない。エビが言わんとしたところはカーミルに届いたようだ。

「いつか、涸《か》れる」

石油が枯渇した時を想定して、新しいビジネスに着手している。観光産業もその一つだが、カーミルの父親は名君として評判だ。

「温泉もいつか涸れます。そういった不安はどこも抱えていますよ」

国の行き先を案じるカーミルが、新しい眞鍋《まなべ》組を模索している清和に重なった。鋭い双《そう》眸《ぼう》がどこか似ているからかもしれない。

「そなたならば我が国にどのようにして日本人を集める？」

カーミルはガイドとしての意見を聞きたいらしい。

「カーミル殿下のお父上であらせられるアブドゥッラー陛下ならびにお祖父様《じいさま》の……」

エビはカーミルや側近たちが喜ぶようなことを口にしかけた。しかし、真っ直《まっす》ぐな目のカーミルに思い留まった。

「率直な意見を聞きたい」

カーミルが先を促したので、エビは悪戯《いたずら》っ子《こ》のような顔で確認した。

「怒りませんか？」

前任者のガイドのようにカーミルを怒らせて、解雇されては元も子もない。

「ここは王宮ではない。神を侮辱せぬ限り、罰したりはせぬ」

誇り高いカーミルに二言はないだろう。燃えるような目をしたカーミルの隣では、イルファーンが慈愛に満ちた目で頷いている。

「……私なら、殿下や弟殿下、ほかのグッドルッキンマンの王族の方々の情報を日本のメディアにばんばん流します。これで若い女性の観光客が増えるでしょう」

率直すぎるエビの意見に、カーミルは切れ長の目を大きく見開いた。温和なイルファーンは苦笑を漏らしたが、石頭のナスリーの顔つきは険しくなった。それでも、エビを罵倒《ばとう》しなかった。己を抑えるように焼き上がった骨付きカルビに食らいつく。

「若い女性以外の観光客を集めたい」

カーミルは独特の言い回しで、エビの案を却下した。

「定年退職後の老夫婦を狙《ねら》うには気候が厳しいかもしれません。暑いですよね？」

肉が腐ってしまうので、昼飯時に屋台は出ない。そんな一文がサメのデータにはあった。

「冷房は効いているが、寒暖差が大きい。……まず、寒暖差の問題を解決すべきか？　無理であろうが……」

カーミルが真剣な顔で正直な意見を求めてくるので、エビも真剣になってしまう。馬鹿正直に個人としての見解を述べた。

「……正直に申し上げれば、日本人の大半は殿下の国について知りません。カラダリ王国がどこにあるのかわからないでしょう。もしかしたら、カラダリ王国という国があることすら知らないかもしれません」

下手をすれば侮辱とも取られかねない意見を、カーミルは毅然《きぜん》とした態度ですべて受け止めてくれた。

「率直な意見に感謝する」

「いえ……」

「我が国のアピールの仕方が悪いのか？」

カーミルは気位の高いプリンスだが、日本人を詰《なじ》ることはしなかった。エビは感心してしまう。

「悪いとは思いませんが、日本人のカラダリ王国に対する知識はまだまだです。いろいろなアプローチ法があるとよいのではないでしょうか」

日本と中国と韓国《かんこく》の区別がつかない外国人は珍しくない、というデータをサメからもらっていた。それと同じことだろう。

「我が国に興味を持たせるにはどうしたらいい？」

カーミルがテレビ局や新聞社などの報道関係の買収を口にしたので、エビは白い手を大きく振った。

「ですから、殿下を筆頭とした見目のよろしい方々に頑張ってもらうしかないと……」

エビが最初に発言した意見を再び口にすると、ナスリーが仏頂面《ぶっちょうづら》で口を挟んだ。

「殿下はメディアがお好きではない」

「そんな気はしていました……が、誰も殿下や高貴な方々の耳に入れないだろうことをここでは申し上げます。よろしいですか？」

エビがふわりと微笑むと、カーミルは急《せ》かした。

「申せ」

「先ほど申しましたように、日本人にとってカラダリ王国は未知の国です。とりあえず、知らないんですよ」

カーミルにしろイルファーンにしろナスリーにしろ、真剣な面持ちでエビの言葉に耳を傾けている。愛国心に溢れている彼らからは、一言も文句が出なかった。

「また、テレビには政局が安定しない国の情勢が流れますが、治安のいい殿下の国も政局が不安定だと思っている日本人が多いかもしれません」

カーミルの国は観光に力を入れているので、警察官の数は多く、表向きは治安がいいが、奥に潜む闇《やみ》は計り知れない。

「若い女性の場合、日本のように治安がいい国だと安心《しんし》されても困るのだが」

自国の暗部に気づいているらしく、カーミルは真摯な目で言った。イルファーンは悲しそうに溜《た》め息《いき》をつき、ナスリーは苦虫を噛《か》み潰《つぶ》したような顔でいい焼き具合の肉を口に放り込む。

「日本も物騒になりましたけどね」

メディアで陰惨な事件が報道されるようになって久しいが、カーミルは軽く首を振った。

「平和な国だ」

「平和ボケして、どこか麻痺《まひ》しているのかもしれません」

「ボケ、とはどういう意味だ?」

理解できない日本語だったらしく、カーミルは男らしい眉《まゆ》をひそめた。側近たちもわからないようで、エビの答えを待っている。

「……平和すぎてどこかおかしくなっている、という意味です」

「なるほど」

都内の夜の街を闊歩《かっぽ》していた一般女性の服装を見て、カーミル一行はとても驚いたらしい。カーミルだけでなくナスリーやイルファーンも納得したように頷いた。

エビはこんな話をしている場合ではないことを思い出す。名取《なとり》画廊で買い求めた日本画について、さりげなく聞きださなければならない。

そう思っていても、会話の話題はカラダリ王国だ。

「殿下の国は砂漠でラクダに乗っているイメージが強いんですよ」

「我が国の交通機関はラクダだけではない」

「殿下、ですから、そんなことは俺も含めて日本人の八十パーセント以上、知りません」

率直な意見をそのまま告げるエビを、カーミルはいたく気に入ったらしい。夜風が冷たくなるまで語り合った。

湯村温泉にある桔梗屋にカーミルを送り届けた後、エビは拠点である一軒家に向かった。何か摑んでいるかもしれないと期待したが、収獲はなかったという。エビががっくりとうなだれると、イワシが申し訳なさそうに言った。

「なんか、異常にガードが固いらしい」

東京にいるメンバーは大使館員に近づこうとして失敗したそうだ。

「そうか」

「カラダリ王国は単なる小国じゃない。フォーブス誌も資産が把握できない億万長者がごろごろ転がっている国だ」

膨大な富の源泉である石油と天然ガスを所有する国は強い。王族が経済分野に進出しているのでさらに強固だ。若いカーミルも皇太子でありながら経済界に進出し、活躍している。

「そうだろうな」

「エビ、今日は俺がお前についていたんだが」

エビが先導するカーミル一行を、イワシが何食わぬ顔で尾《つ》けていた。どこで何があるかわからないからだ。

「何かあったのか?」

「俺以外にも尾行している車がいた。スモークガラスが張られていて中まではわからなかったが、運転席にいたのは日本人だと思う」

「ガードじゃないのか?」

カーミルは本来ならば警察官が護衛していてもおかしくはない立場だ。エビが知らないだけで、カーミルは幾重《いくえ》にも守られているのかもしれない。

「わからない、ただ、きちんと距離を取って尾行していた」

「なら、ヒットマンじゃないかな？」

暗殺が目的ならば、もう少し巧妙に尾行するだろうが、決して断言はできない。

「ヒットマンに狙われるような異変が起こっているのか？　いつも火種を抱えているようなところだろ？」

列強各国や宗教が絡むカラダリ王国の歴史は複雑で、イワシは理解することを放棄したそうだ。エビもきちんと把握している自信がない。

「わからない。たぶん、国の政局は安定しているはずだ」

「どこでも何かがある。軍部の増長とか」

「国王は賢いし、内閣から軍部まで上層部はすべて王族が就《つ》いている。大企業のトップも全部、王族だぜ？　王族、つまりカラダリ一族が強いんだ」

王族の内紛の可能性は否定できない。異母兄弟もいるはずだ。

「……そんなことはどうでもいいんだよ。エビ、俺たちの仕事は日本画だ」

イワシは当初の目的を思い出したらしく、頭を切り替えるように手を振った。国政をあれこれ探る必要はない。

「ああ、わかっている」

「在《あ》り処《か》を訊きだせないのか？」

イワシの言葉ももっともだが、エビは思い切り顔を歪《ゆが》めた。

「それどころじゃなかった」

イワシもカーミルが温泉を買収したことは知っている。何事が始まるのかと、身がまえたらしい。

「カラダリの坊や、温泉ビジネスでもするのか？」

「そのつもりはないらしい」

「いったいなんで？」

エビの一言がきっかけだったかもしれないが、カーミルの目的は不明だ。純粋に温泉を掘り当てたかっただけのような気もするが。

「俺にだってわからない」

エビが大きな溜め息をつくと、労《ねぎら》うようにイワシは肩を揉《も》んでくれた。

4

翌日の早朝、資料が積まれた部屋でエビがぶとうパンを食べていると、サメから連絡があった。情報が摑《つか》めたのかと喜んだのも束の間、サメから文句を食《く》らう。

『女より可愛《かわい》い顔をしているけど侮れない、そう言われていた我が部隊のエースはどこに行った？』

サメは嫌みっぽい口調で急《せ》かしたが、エビも黙ってはいない。

「眞鍋《まなべ》の昇《のぼ》り龍《りゅう》に天下を取らせる男、と囁《ささや》かれているサメ殿がとっておきの情報を摑んでくれたのかと思いました」

『オー、ベイベ、カーミルちゃんの身辺調査なんて無用だろう？　要は名取画廊《なとりがろう》で購入した日本画だ』

サメの言い分も当然だが、現場の者にしてみればそれどころではない。

「思った以上にガードが固いと報告したはずです。搦《から》め手《て》が必要かもしれません」

『代行は気が長くない。特に今回は名取会長直々《じきじき》の依頼だからピリピリしている』

「わかっていますよ。それなら、名取会長のほうから動いてもらえませんか？　桔梗屋《ききょうや》にマグロを新しいスタッフとして迎える手筈《てはず》を整えてください」

清和《せいわ》の面子《メンツ》を考慮すれば、強引だと予想しつつも、手っ取り早い手を言わずにはいられなかった。

『可愛いセニョリータ、わかっているだろう？　絶対に無理だ。名取会長のヘルプはお前をガイドとしてねじ込んだところまでだ』

名取グループの口添えで登場したので、却《かえ》って、思い切った手も打てないのだ。失敗した時、名取グループにまで迷惑がかかる。

「こっちもさっさと終わらせたいのは山々なんです、カラダリの坊やは本当にわけがわからない……っと、時間がありません。あとはタイに言ってください」

ぶどうの新芽や葉を混ぜて焼き上げたカステラを食べているタイに、エビは子機を押しつけた。

身支度を整えると、湯村温泉《ゆむらおんせん》に向かう。

その日、エビはカーミル一行を連れて、国の特別名勝に指定されている昇仙峡《しょうせんきょう》へ連れていった。カラダリのプリンスはロープウェイの空中散歩が気に入ったようだが、例の如《ごと》く、辺り一帯を買収しようとしたので困った。

「殿下、非売品です」

「さようか」

「そもそも、ここら辺を買ってどうするんですか？」

エビの素朴な疑問に、浮き世離れしたプリンスはあっさりと答えた。

「気に入っただけだ」

「そ、そうですか……」

ロープウェイの代わりというわけではないだろうが、水晶や紫水晶など、ありったけのパワーストーンを買い占める。店の主人は豪気なカーミルに腰を抜かした。明日、桔梗屋に届けられるそうだ。

「殿下、こんなに買っていったいどうするんですか？」

「気に入っただけだ」

「そうですか……ま、まぁ、食事にしましょうか」

戦国時代、かの武田信玄《たけだしんげん》が陣中食にしていたというほうとうを食べた。収穫されたばかりの野菜と麺《めん》を手作《てづく》り味噌《みそ》で煮込んだほうとうは栄養価が高い。なかでも甘いかぼちゃは味噌スープに合い、絶妙な味わいがある。

「一番人気はかぼちゃほうとうなんですが、俺は肉が入っているほうがいいです」

かぼちゃほうとうのほかにきのこほうとう、和牛が入ったほうとうも注文した。カーミルは初めて見る甲斐《かい》の国《くに》グルメに箸《はし》を伸ばす。

「……うどん？」

カーミルはほうとうを一口食べた後、率直な感想を述べた。アメリカに留学していた頃、日本食のレストランで天麩羅《てんぷら》うどんを食べたことがあるという。

「粉と水ですから、確かにうどんみたいなもんですね。……口に合いませんか?」

身体《からだ》が温まるほうとうは食べるのならば冬だ。

「そなたの気遣いに感謝する」

「不味《まず》かったら不味いって言ってくださいね」

野沢菜や切り干し大根の具を包んだほうとう饅頭《まんじゅう》も食べた。

カーミルにこれといった好き嫌いはないようだが、口に合わなくても決して態度には出さない。ひとえに料理人に対する思いやりなのだろう。尊大な男に見えるが、根は優しいのかもしれない。

食後は何をするではなく、心地良い川のせせらぎを聞きながら、ぶらぶらと辺りを散策した。

「こんなにゆっくりするのは久しぶりだ」

カーミルは豊かな自然を眺めつつ、独り言のようにポツリと漏らす。傍《かたわ》らに控えているナスリーやイルファーンは切なそうな表情を浮かべた。

公式であれ非公式であれ、カーミルは普段は父王の代理として多忙なスケジュールをこなしている。息を抜く間もないのかもしれない。高貴な者にはそれ相応の義務が付《つ》き纏《まと》う。

「庶民の俺には想像できませんが、皇太子というお立場は大変なんでしょうね。せめて奥様を迎えられてはいかがですか？」

カーミルには生まれながらの婚約者がいたが、父親の謀反《むほん》の罪で破談になった。二人目の婚約者は流行病《はやりやまい》であっけなく亡《な》くなり、三人目の婚約者は長兄の不始末で破談になっている。現在、カーミルに婚約者はいない。

「まだ早い」

カーミルは冷たい表情で言ったが、エビは目を丸くしてしまった。

「早いって……カーミル殿下のお父上がお母上と結婚されたのはいくつですか？」

「…………」

「そもそも、カーミル殿下のお父上のお妃は二十七人、お生まれになった王子は二十二人、姫君は三十八人と聞いております。羨《うらや》ましい限りです」

カーミルの祖父であるムハンマド前国王には妃が三十八人もいて、生まれた王子は三十五人、王女は四十二人いた。エビの前に魅力的な美女たちの姿が現れる。

「そなた、本当に子供ではないのだな？」

唐突なカーミルの言葉に戸惑ったが、エビは堂々と胸を張った。

「はい、いくつに見えるか知りませんが三十です」

「本当に三十歳ならば、どうして結婚せぬ？」

自分はどうなのだ、とカーミルは暗に言いたいらしい。

「縁がないんです」

縁がない、という言葉が理解できないわけではないようだが、カーミルは怪訝《けげん》な顔をした。

「なぜ？　そなたの父は何をしておる？」

かつてのカーミルの三人の婚約者は、いずれも父王が決めた。言うまでもなく、政略結婚だ。父王の代理として激務をこなしているし、政財界でも活躍しているので、そろそろ自分の意思で妻を一人ぐらい迎えても反対はされないだろう。

「日本の庶民の男は自分で見つけないといけないんです。アメリカでも大部分の庶民はそうだと思いますよ」

「そなた、妻を見つけぬのか？」

普通の男として会社に勤めていた頃、結婚を意識してつきあっていた女性はいた。だが、彼女のしたたかな裏の顔に気づいて嫌気がさした。結婚は女性に夢を持っている頃にしないと難しいかもしれない。

清和と盃《さかずき》を交わして以来、結婚を考えたことは一度もなかった。

「結婚してくれる女がいないんです」

よく考えてみれば、ここ最近、仕事以外で女性と会話を交わしたことがない。いろいろな意味でハードな日々を送っているので、寂しいと感じることさえなくなっていた。

「日本人の目にもそなたは子供に見えるのか？」

結婚相手がいない理由を、カーミルは彼なりに考えたらしい。エビは顔を小刻みに引《ひ》き攣《つ》らせた。

「若く見られますが、子供に間違えられたことはありません。子供に見えたら、電車もバスも子供料金で乗ってやります」

「そうか、日本人の目にそなたは子供に見えぬのか」

カーミルがエビをまじまじと見つめると、傍らに控えていたナスリーは不思議そうに童顔のエビを眺めている。イルファーンは楽しそうに口を挟んだ。

「初めてお会いした時は驚きました」

一昨日《おととい》、鎧兜《よろいかぶと》で登場したエビに、イルファーンは声を失っている。エビは満面に笑顔を浮かべて答えた。

「殿下のガイドを務めたい一心でした。甲府《こうふ》は殿下にご満足いただけるようなリゾート地ではありませんが、私の生まれ故郷ですから、少しでも楽しんでほしかったのです」

エビが誠意を前面に押しだすと、カーミルは受け止めてくれたようだ。

「最初からそなたをよこせばいいものを」

カーミルが憮然《ぶぜん》とした面持ちでエビの前任者を詰《なじ》った。

「前任者は存じませんが、殿下を不快にさせたこと、深くお詫《わ》び申し上げます」

エビが前任者について謝罪すると、カーミルの雰囲気が柔らかくなった。そして、唐突にポロリと漏らすように言った。

「前任者は我や我が国に対する知識がなかったようだ」

カーミルを怒らせた前任者は何も言わず、いきなり、下着と見間違えるような衣装を身につけたコンパニオンが大勢いる場所に連れていったという。護衛官たちは鼻の下を伸ばしたが、カーミルはその場で前任者を解雇した。

「申し訳ありません」

エビが前任者について再び詫びると、カーミルは抑揚のない声で言った。

「ふしだらな女性は好きではない」

カーミルから出た聞き慣れない言葉に、エビは口をポカンと開けた。

「ふ、ふしだら？　……まぁ、お国の女性から見たらふしだらかもしれませんが……」

進歩的な国だが、今も昔も女性は黒いアバヤに身を包んで生活している。女性は家族以外の男性と親しく会話することもない。

「堕落している。下品な女は好かぬ」

「下品ですか」

「金や地位を求めて男に靡《なび》く女は下品だ。たとえ、ハリウッドの女優でも」

カーミルならば黙っていてもバービー人形のような美女が近づいてくる。美女の下心に気づかないほど、カーミルは愚かではない。

「……殿下ならそうですよね」

エビが納得した時、小道を歩いてくる老夫婦が視界に入った。老夫婦はそれぞれ杖《つえ》をついていて、足取りはとても危なっかしい。野性的なナスリーと目を合わせると、温和な笑みを浮かべて挨拶《あいさつ》代《が》わりの会釈をしてきた。

ナスリーは不意を突かれたらしくまごついているが、イルファーンや護衛の責任者は慈愛に満ちた顔で老夫婦を眺める。仲睦《なかむつ》まじい老夫婦は最高にいい絵だ。

おかしい、とエビが思った瞬間、杖を持っていた老夫婦は背筋を伸ばし、隠し持っていた拳銃《けんじゅう》でカーミルを狙った。

「殿下、危ないっ」

エビはその身で庇《かば》うようにカーミルに飛びかかった。カーミルはそのまま素直に地面に倒れ込む。

美しい渓谷にアラビア語と銃声が飛び交い、鳥のさえずりは掻《か》き消《け》された。涼やかな風がエビの身体《からだ》を優しく撫《な》でる。

「殿下、ご無事ですか」

どれくらい時間がたったのか、イルファーンに声をかけられるまで、地面にカーミルを押し倒したままエビはじっとしていた。

「終わりましたか?」

エビがカーミルの身体を守ったまま確認すると、イルファーンは落ち着いた様子で答えた。

「勇気ある行動に感謝します」

イルファーンだけでなくナスリーや護衛官たちも地面に膝《ひざ》をつき、捨て身でカーミルを守ったエビに礼儀を払う。

「いえ……」

もっと早く気づけばよかった、と言いかけたがすんでのところで留《とど》まった。正体を感づかれるような言葉は口にしないほうがいい。エビはカーミルの身体から離れると、ぶるぶると震えてみせた。

「そなたの働きに感謝する」

カーミルからも労《ねぎら》いの言葉を賜《たまわ》ったが、エビの気分は晴れない。

老夫婦に変装していた暗殺者は、生きたまま捕らえられていた。カラダリ人ではなく日本人で、二人とも三十歳前の男だ。暴力団関係者ではないようだが、単なる素人《しろうと》でもないだろう。どちらにせよ、このままではいけない。

「警察に連絡を」

エビは至極当然の行動を取ろうとしたが、カーミルは首を左右に振った。

「なぜ？」

「捨ておけ」

カーミルは暗殺者には目もくれず、淡々とした口調で言った。

「捨ておけ、じゃないでしょう？　……も、もしかして、何か身に覚えがあるんですか？」

いやな予感が走り、エビは顔を歪《ゆが》ませた。

「………」

カーミルはポーカーフェイスで視線を逸らしたが、つらそうなナスリーの顔が事実を語っていた。カーミルには暗殺者に狙われる覚えがある。犯人にも心当たりがあるが、公にしたくないのだ。

「身に覚えがあるんですね？　おまけに、相手を知られたくないんですね？　それなのに、呑気《のんき》に観光なんかしているんですか？」

図星だったのか、カーミルの肩が微かに揺れた。勘のいいエビに困惑している気配がある。

「この国には工事が中断している温泉がまだあるのではないのか？　我が助ける。温泉はそなたに授けよう」

エビは温泉をもらっても活用のしようがない。そもそも固定資産税に苦しむだけだ。

「そんなことをしている場合じゃない、とっとと帰りましょうっ」

エビの罵声《ばせい》が景勝地に響き渡った。


命の恩人の言葉は無視できないらしく、カーミル一行は警備体制が整っている湯村温泉に戻った。桔梗屋の女将《おかみ》やスタッフには何も告げない。

ナスリーと警備の責任者が、暗殺者を取り調べるそうだ。床《とこ》の間《ま》に富士山《ふじさん》が描かれた掛け軸が飾られた和室にはイルファーンが残った。エビもカーミルのそばに詰めている。

「殿下、防弾チョッキは着ていませんよね？」

「神がお守りくださる」

本気で言っているのかわからないが、カーミルは平然としていた。

「八百万《やおよろず》の神がいる日本なので、殿下のお国の神はお出ましくださらないかもしれません。猫にもナワバリってものがありますからね」

エビがふてくされた顔で言うと、カーミルは凜々《りり》しい眉《まゆ》を歪めた。

「神と猫を同じ口で語るな」

「本当に神がいたら、カラダリ王国は過去あんなに苦しまなかったと思いますよ」

列強の二枚舌や三枚舌の外交に翻弄《ほんろう》されたカラダリ王国の歴史を例に挙げると、カーミルは鋭い目をさらに鋭くさせた。その仕草がどこか清和に似ている。

「そなた……」

エビを咎《とが》めている様子はないが、面白くはないようだ。

「侮辱するつもりはありません。でも、そうでしょう？　神が万能ならば、カラダリ王国の歴史は違っていた。第一次世界大戦も第二次世界大戦も大国の二枚舌にやられているじゃないですか」

カラダリ王国の通商と石油の利権は誰のものか。

二十世紀初頭、大英帝国とオスマン・トルコがカラダリ王国の通商と石油の利権を得ようとして、熾烈《しれつ》な戦いを繰り広げた。大英帝国にフランスがつき、オスマン・トルコにドイツがつく形で、第一次世界大戦が始まっている。大英帝国の狡猾《こうかつ》な外交は周知の事実だ。第二次世界大戦にしても、大戦後にしてもそうだが、カラダリ王国の歴史は弱肉強食を如実《にょじつ》に表している。

「神の思し召し」

カーミルの神に対する信仰は揺るがない。オイル・マネーの力を見て育っている若いカーミルにとって、苦難の歴史は神の試練に等しいのかもしれない。

「っの……」

エビが苛立《いらだ》ちで顔を痙攣《けいれん》させると、カーミルは王者の態度で言い放った。

「このたびの働きにより、褒美を遣わす」

スタッフが三千人の石油会社と五十二階建てのビル、カーミル所有の島とジャンボジェット機が、エビに下賜される。冗談など言う男ではないので本気だ。

「殿下、謹《つつし》んでご辞退申し上げます」

エビが受け取りを拒否すると、カーミルの機嫌は一瞬にして悪くなった。

「無礼な」

カーミルの傍らに控えているイルファーンの表情も曇った。カーミルの心を拒否したエビを無言で詰っている。

「石油会社なんてもらっても俺にはどうすることもできません」

石油会社の社長に就任させるという意味らしいが、エビに務まるはずがない。そもそもカーミルの国に興味はない。

「旅行会社がいいのか？」

「そういう意味じゃありません。もう、ご褒美はいりません」

エビがきっぱりと拒絶すると、部屋の温度が一気に上がった。砂漠の粉塵《ふんじん》が舞い込んできたような気がする。カーミルの自尊心のためにも褒美を辞退するわけにはいかない。

「……今夜、メシを奢《おご》ってください。ついでに温泉にも浸からせてください。それがいいです」

季節ごとの趣向を凝《こ》らした桔梗屋の会席料理は評判がいい。値段も張るので、一般庶民にはなかなか手が出なかった。エビも桔梗屋の会席料理は初めてだ。

「………………」

カラダリのプリンスはエビのささやかな願いが理解できないようだ。

「殿下、精神的にとても疲れたので、今夜はここに泊めてください。ついでにお国のことも教えてください。それが一番の褒美です」

今夜、桔梗屋に泊まり、みんなが寝静まった頃に動きだす。当然、護衛官は巡回しているが昼間に比べれば少ないだろう。エビは頭の中でシミュレーションを立てた。

「よかろう」

帝王然としたカーミルがゆっくりと頷いたので、エビはほっと胸を撫《な》で下《お》ろした。カラダリのプリンスの浮き世離れぶりは半端ではないし、いろいろな意味でスケールが違いすぎる。今さらながらに石油の力を実感した。

心が癒される風流な露天風呂《ろてんぶろ》に入り、桔梗屋の浴衣《ゆかた》に袖《そで》を通した。サメとイワシにはメールで事の仔細《しさい》を報告している。

東京にいるサメからカーミルについての新たなデータが届いていた。

カーミルの母親である王妃は王族出身で国王の寵愛《ちょうあい》も厚いという。皇太子のカーミルに第二王子のリズク、それに五人の王女を産んでいる。王妃の実父は内閣総理大臣で実兄は軍部のトップだ。実弟は警察のトップで、ほかの親戚《しんせき》も主要ポストに就《つ》いている。

カーミルは皇太子という立場上、王妃の手を離れて育った。だが、第二王子のリズクは王妃の手元で育てられている。そのためか、王妃はリズクを溺愛《できあい》しているそうだ。王妃に釣られてしまうのか、国王もリズクには自然と甘く、また、リズク本人も甘ったれ気質の抜けない王子だと評判らしい。

「きな臭いな」

同じ腹から生まれた兄弟の跡目争いなど、古今東西、いたるところに腐るほど転がっている。エビはカーミルを狙う者が誰であるか察した。

脱衣場に置かれていた電動マッサージ椅子《いす》に身体を委《ゆだ》ねつつ、エビは彼の国に思いを馳《は》せる。アメリカでも秀才ぶりを発揮したカーミルより、世間知らずのリズクのほうが扱いやすいだろう。王妃の実父や実兄、親戚たちの思惑も透けて見えた。すべてを持っているとばかり思っていた夢のプリンスは孤独だ。

広々とした脱衣場を出ると、幅の広い廊下にはカラダリ人の護衛が点在していた。案《あん》の定《じょう》、ガードのレベルが上がっている。

待ち構えていたのか、イルファーンが温和な微笑を浮かべて近寄ってきた。

「我らがついていながら殿下を危険な目に遭わせてしまいました。そなたの迅速かつ勇気ある行動に感謝します」

「いえ……」

「今後のことがありますから、包み隠さず教えてください。なぜ、そなたはあの老夫婦が暗殺者だと気づいたのですか?」

神妙な面持ちのイルファーンに尋ねられて、エビは正直に答えた。

「誤解しないでください。外国人が多い東京ならまだしも、地方の田舎の老人ならば、民族衣装姿の外国人の団体を見たら、少しは驚くと思います。皆様、体格がいいし、迫力がありますから余計に……」

「なるほど、我らを見た反応ですか」

イルファーンは納得したように頷くと、エビの白い手を取った。

「そなたに巡り合えたことを神に感謝します」

真《ま》っ直《す》ぐな目で感謝されると至って照れくさい。

「こちらこそ、気が回らずにご無礼を……」

「殿下は率直なそなたをいたく気に入ったようじゃ。今宵《こよい》はゆるりとなさるがいい。我らは控えさせていただく」

　イルファーンや屈強な護衛官たちは特別室の外でガードするという。意外な展開にエビは目を見開いて訊《き》き返《かえ》した。

「イルファーン様？　……え？　どういうことですか？」

「我らがそばにいたら、いやでも国政を思い出し、殿下は息が抜けぬ。頼みましたぞ」

　イルファーンはいつも張りつめているカーミルを案じているようだ。リラックスさせようと懸命になっている。

「殿下を怒らせてしまうかもしれません」

　高貴なプリンスの機嫌の取り方など、エビは思いつかない。どうして気に入られたのか、そちらのほうが不思議だ。

「我らの神を侮辱せぬ限り、殿下は怒りません」

「イルファーン様もそうですか？」

　エビが地雷を訊くと、イルファーンは自分の胸に手を置いて静かに言った。

「我らの神を冒瀆《ぼうとく》せず、殿下を悲しませなければ怒りませぬ」

　忠義一筋の側近に、エビは微笑《ほほえ》んだ。

「メモしておきます」

カーミルがいる特別室に入ると、早くも桐の卓には夕食の準備が整っていた。九谷焼《くたにやき》の鉢に盛られた変わり豆腐の先付《さきづけ》が目にも楽しい。

勝沼《かつぬま》のぶどう園で作られているぶどうジュースで乾杯した。

女将や仲居が絶妙のタイミングで料理を運び、芸術品のような料理の説明をした。

「日本の料理は繊細だ」

カーミルの感想に、女将は畳に手をついて頭を下げた。空になった皿を下げて、特別室から退出する。

「殿下、やっぱり、結婚したほうがいいですよ」

エビが湯葉の前菜を箸で突きながら言うと、カーミルはけんもほろろに却下した。

「早い」

「早くありません。結婚したら、奥さんの実家っていう味方ができるじゃないですか」

言外に匂《にお》わせたエビの気持ちが届かないほど、カーミルは鈍くはなかった。憮然とした面持ちで海胆《うに》で和《あ》えたれんこんを咀嚼《そしゃく》している。

「…………」

「このままだとやられますよ。早く手を打ったほうがいいです。……もしかしたら、殿下に結婚させないようにしているのかもしれませんね。殿下の味方が増えないように」

実の母親に殺されるぞ、と心の中でカーミルに言った。さすがに、面と向かって言うことができない。

「………」

凄《すさ》まじい自制心によるものか、カーミルの表情は変わらない。けれども、エビにはカーミルの無表情の裏に孤独と悲しみを見つけた。これは諜報活動《ちょうほうかつどう》で後《おく》れを取ったことがない男の直感だ。

「俺には三つ下の弟がいますが、兄の俺はいつも貧乏くじを引いていました。弟は俺の失敗を見ているからか、要領がいいんです。母親の機嫌を取るのも上手《うま》かった。母親も弟には甘かった」

カーミルの孤独に触発されたのか、エビは無意識のうちに自分の身の上を口にしていた。サメ以外、誰も知らないエビの真実だ。

「そなたにも弟がいるのか」

「はい。俺より背は高いけど、勉強はできませんでした。ついでに、運動神経もあまりよくなかった。でも、オフクロや女の機嫌を取るのは上手い」

エビと同じ兄の立場にいるカーミルは真剣な顔で聞き入っている。

「さようか」

「俺はオフクロと合わなくて家を出ました。オフクロは悪い母親じゃないんです、どこかがズレていたんでしょうね、同じ屋根の下で暮らすことができなかった」

最後に会ったのはいつだったか、大学進学を機に上京して以来、盆や正月にも戻らなかった。四年前、まだ会社勤めをしていた頃、祖母の葬式で帰郷した。自分の部屋が物置になっていたのには唖然《あぜん》としたものだ。エビが使用していたバットやグローブなど捨てればいいのに、小学校の体操服や帽子、体育館靴とともに置いていた。街頭で配られているポケットティッシュを詰めた箱が、天井に届くほど高く積まれていたので、呆《あき》れ果《は》てた覚えがある。

「母と子でも主義が異なる場合がある」

カーミルが寂しそうに漏らしたので、エビは膝《ひざ》を打った。

「殿下が庶民の生活をどこまで理解できるかわかりませんが、俺とオフクロの話、聞いてくださいますか？」

エビが至極当然の懸念を口にすると、カラダリのプリンスは勢い込んだ。

「申せ」

カーミルに釣られたのか、エビは堰《せき》を切ったように語りだした。

「うちのオフクロはケチというわけではないのですが倹約家です。倹約といっても、俺から見れば無用なものを捨てないだけなんですね。いつか使うかもしれない、と言って俺の子供の頃の靴下やシャツ、教科書やランドセルやインクのなくなったペンまで大事に残しています。裏が白いチラシもメモにすると言って捨てませんし、コーヒーやジャムの空きビンとかクッキーの空きカンとか、マーガリンの入れ物とか総菜の入れ物とか、包装紙とか紙袋とか箱とか、そういうのもいっさい捨てません。結果、部屋はゴミ溜《た》めです」

母親について語ると、汚いという言葉ではすませられない部屋が脳裏に浮かぶ。ものを大事にするのはいい。しかし、生活スペースがなくなるまで無用なものを溜め込んでどうするのだ。

三十坪に建てられた二階建ての一軒家は、四人家族で住むには充分な広さがあったが、いたるところにものがあって、足の踏み場がなかった。本来ならば四人でいっせいに食事ができるテーブルも、上や下、周囲にいろいろなものがあるので、一度に二人しか食べられない。椅子も物置になっていた。

風呂場《ふろば》には水を張ったバケツがいくつも置かれて、トイレの流水用としての使用を命ぜられる。トイレの隅にも水を張ったバケツが置かれたが、テスト前の追い込み時期、エビはよく足でひっかけて辺りを水浸しにした。

理解しているのか、していないのか、どちらかわからないが、カーミルは言葉を失っている。

「パンツが古くなって穴があいても繕って穿《は》きます。ヨロヨロの擦り切れたパンツを捨てる時、パンツのゴムを残します。でも、そのパンツのゴム、俺が知る限り、活用されている様子はありません。二十年間もパンツのゴムを持っていてどうするんでしょう?」

塵《ちり》も積もれば山となるように、パンツのゴムも溜まれば、それ相応のカサになる。確か、みかん箱に入れて押し入れに入れていたはずだ。二度と着ることがないだろう娘時代の服や靴も捨てないのでクローゼットやタンスに収まりきらず、チェストの横には衣装ケースの山が積まれていた。床の間《とこま》があるせっかくの和室も、ガラクタの物置き場となっている。

「…………」

「パンツのゴムってわかりますか？」

エビは興奮したのか、知《し》らず識《し》らずのうちに立ち上がると、浴衣を捲《めく》って白い下着を見せた。ゴムの部分を指で示して教える。

「…………」

カーミルはなんとも形容しがたい表情で、エビの下半身をじっと見つめた。

「パンツのゴムはここですよ」

エビは懇切丁寧にパンツのゴムを引っ張ってみせた。

「……そなた、本当に男だったのだな」

今までいったいなんだと思っていたのか、カーミルはエビの股間《こかん》を見つめて感慨深そうに言った。

「殿下、そうじゃないでしょーっ」

エビは性別の証明をしたわけではない。パンツのゴムの説明をしたのだ。

「すまぬ」

カーミルに悪びれた様子はなく、エビの股間から伸びた足を眺める。肌の白さに驚いているようだ。白人の血は流れていないのだな、と独り言のように呟《つぶや》いた。

エビは身体の色素が薄いのか、肌は雪のように白く、髪の毛や目は茶色だ。カーミルの疑問は当然かもしれない。

「まぁ、いい……パンツのゴムはここまでです。俺は生粋《きっすい》の日本人です。そんなの身長を見ればわかるでしょう」

「すまぬ」

エビは浴衣の前を整えると座った。

「それで、オフクロです。オフクロの話はまだ終わっていません。俺はオフクロが掃除機をかけたところを見たことがありません。そもそも、掃除機をかけられるスペースがありませんでしたからね」

埃《ほこり》だらけの部屋でテレビを見ている母親の姿も瞼《まぶた》に浮かぶ。中学時代、友人が来ることになったので部屋の掃除をしようとしたが、エビにはどうすることもできなかった。玄関口に置いている段ボール箱の山を捨てようとしたら、母親は『捨てないでよ』と怒るのだ。紅茶や海苔《のり》の空きカンを捨てようとしても、母親は怒りを爆発させた。

「うちのオフクロ、ただ単にだらしがないのかもしれない」

「…………」

何十年も前の色褪《いろあ》せた雑誌や週刊誌も、部屋の片隅に積まれている。ひょんなことで新しいオーブントースターをもらったから、エビは古いオーブントースターを捨てようとした。だが、例の如く母親に咎められた。結果、台所には二台のトースターが置かれているが、どちらも滅多に使われることはない。

「…………」

「すみません、殿下にはご理解いただけない世界だと思います。あまりにもみみっちくていやになる世界です」

「母御には母御の考えがあるのであろう」

ちょっとのことでは捨てない、という確固たるポリシーが母親にはあったようだ。エビがものを捨てると、もったいない、罰が当たる、と口汚く罵った。

そのくせ、他府県に住む姉や妹との長電話はとんでもなかった。エビにしてみれば電話料金のほうがもったいないと思う。第一、電話の内容はいつも決まっていて、それぞれの姑《しゅうとめ》の悪口だ。

「俺の家、殿下に見せてやりたかった。殿下がどれだけ驚くか、見物です」

何が詰められているのかわからない段ボール箱が積まれた狭い廊下を、王者の風格を漂わせたカーミルがどのようにして歩くのか、想像することすらできなかった。

「そなたの生家ならば訪れたい」

エビの実家に招待されたと思ったのか、カーミルの声が弾んでいる。

「生家……うん、控えさせていただきます」

エビにカーミルの脳内を覗《のぞ》くことはできないが、ある程度、予想はつく。

「生家に招待せぬのか」

カーミルが不快そうに目を曇らせたので、エビは手を軽く振った。

「あ〜実はオフクロもオヤジも亡《な》くなったんです」

「すまぬ」

誇り高い皇太子が切なそうな顔で瞬時に詫びたので、エビは少なからず戸惑った。

「いえ、俺にしてみれば同情できない理由で死んだんですよ。出火原因は隣の火なんですけどね、うちのオフクロとオヤジは逃げ遅れたんです」

「火災で？」

カーミルは死亡の原因に驚いたらしく、上体を大きく揺らした。

「はい、部屋から出ようとしたら、ガラクタが詰まった段ボール箱や袋を越えなくちゃいけませんからね。窓の前もわけのわからない障害物で塞《ふさ》がれているから、飛び降りることもできない。狭い廊下にもゴミ捨て場から拾ってきたカラーボックスとか下駄箱とか椅子を置いていましたから、昼間でもまともに歩くのも大変だったと思いますよ」

精神的にも肉体的にもボロボロになるまで働いた会社をリストラされた時、エビは縋《すが》るように実家に電話を入れた。『なんでもホイホイ捨てるから罰が当たったのよ』と、母親は勝ち誇ったように言った。エビは母親に連絡を入れた自分を叱責《しっせき》したものだ。

それから半年もたたないうちに、実家が火事になり、二階の寝室で寝ていた母親と父親が焼死した。深夜、両親は火事に気づいて外に出ようとしたのだが、廊下や階段に置かれていたものに阻《はば》まれて、迅速に脱出できなかったらしい。母親は自分の主義で命を落としたようなものだ。

「痛ましい」

カーミルはエビの両親の死に哀悼を表した。

「火事があった夜、弟はたまたま外出していて命拾いしました。実家があった場所には弟が嫁さんと家を建てて暮らしていますが、それでもよろしかったら……いや、警備の都合上、難しいかもしれません。暗殺者がどこからやってくるか……」

エビが途中まで言いかけてやめたが、カーミルにはきちんと通じていたようだ。

「民間人を巻き込みたくない」

狙うなら、自分を狙え、とカーミルは無言で主張している。気高い皇太子はなんの罪もない人間に危害が及ぶことを一番恐れていた。

「殿下、いつまで日本にいるんですか？」

当初、七日間と予定されていたはずだが定かではない。

「先日、父王から帰国を急かされたが」

カーミルには珍しく歯切れが悪い。伏し目がちのプリンスなど、初めて見たような気がする。思わず、エビは我が目を疑ってしまった。

「国に帰るとさらに危ないいんじゃないんですか？」

外国にいるほうが思い切った手は打てないかもしれない。しかし、自国ならば勝手がわかっているし、裏も知り尽くしている。腕の立つ暗殺者を雇うのも簡単だろう。

カーミルは返事をせず、蒸した穴子《あなご》を口にした。それ以上、エビも突っ込まず、黙々と料理を平らげる。五種類のお造りも上品な味付けの煮物も食べ尽くした。

見計らっていたかのように女将が現れて、料理人に天麩羅を揚げさせる。

「美味《うま》い」

揚げたての天麩羅は最高だ。エビが箸を持ったまま力むと、女将は頬を緩ませた。

カーミルも満足そうに車海老《くるまえび》の天麩羅を咀嚼する。

「月並みだけど、美味いとしか言えない」

目の前で職人が握る寿司も絶品だった。

シメのフルーツを食べた後、エビは仕事を忘れて幸福感に酔いしれる。青々とした畳に寝そべりそうになったが、すんでのところで思い留まった。目の前にはやんごとなき方がいる。エビが慌てて姿勢を正すと、カーミルには珍しく控えめな口調で声をかけてきた。

「そなたは我が国の会社やビルを拒んだな、何が望みだ？　金でも城でも地位でも望むものはなんでも与えよう。我の国に来ぬか」

一瞬、エビはカーミルが何を言ったのかわからなかった。

「……え？」

「我の国で、我の侍従にならぬか？」

気に入られたことは知っていたが、そこまでとは思わなかった。しかし、エビはカーミルの国に渡るつもりはまったくない。

「お国第一の母上様がますます怒るからやめたほうがいいです」

エビは保守的な母親の外国人に対する考えくらい、確かめなくても手に取るようにわかる。カーミルの進歩的な考えが理解できず、幾度となく衝突したようだ。

「そなた、我が母を知っておるのか？」

意表を突かれたらしく、カーミルは上体を揺らした。

「存じませんが、なんとなく……だって、そうでしょう？」

「我が母は総理大臣に影響されたのか、考えが古すぎる。有能な者を重用してどこが悪い？　そう思わぬか？」

カーミルの母親である王妃は慎み深く貞淑《ていしゅく》で文句のつけようがない女性だが、保守派の実父の影響を強く受けているようだ。

第二王子の側近は王妃の実家関係者で占められているが、カーミルは本人の実力を重視し、家柄や身分に関係なく取り立てた。乳兄弟《ちきょうだい》であるナスリーも本来ならば、側近としての地位は与えられない。イルファーンも王族とはいえ傍系なので、皇太子の側近というにはいささか苦しいものがあった。

王妃が勧めた人物を、カーミルはことごとく断っている。たとえ、王族関係者であれ、無能はいらぬ、と。

王妃の皇太子に対する情愛が薄れてしまった原因の一つかもしれない。

「……そういうの、どこでもありますよ」

日本のヤクザでも新旧勢力はぶつかりあっている。眞鍋《まなべ》組を統《す》べる清和の苦悩は計り知れない。現在、サメが清和のそばを離れられない最大の要因でもある。

「………………」

カーミルは恐ろしいぐらい思いつめた顔で、エビをじっと見つめた。部屋の温度が一気に上がったような気がする。

「殿下？」

カーミルからただならぬ気配を感じ、エビは思い切り当惑した。もっとも、機嫌を損ねた様子はない。だからこそ、余計に判断がつかなかった。

「我はそなたを連れて帰りたい」

カーミルの逞《たくま》しい腕が伸びてきたかと思うと、エビは強引に抱き寄せられた。華奢《きゃしゃ》なエビの身体はカーミルの胸にすっぽりと収まる。

一瞬、エビの視界は真っ白になったが、我に返ると己の状態を確認した。自分を抱くカーミルが熱い。自分を見つめるカーミルの目も恐ろしいぐらい熱い。

嘘《うそ》だろ、とエビはカーミルの気持ちを打ち消そうとした。けれども、カーミルのすべてがエビへの一途な思いを吐露している。

「……殿下、もしかして」

どうしてカーミルが若い女性を拒むのか、その理由に思い当たり、エビは身体を硬直させた。

女のような容貌《ようぼう》だからか、そういった趣味を持つ男から誘われることは少なくない。諜報活動において利用した時もあったが、自ら率先して男とつきあいたいと思ったことは一度もなかった。たぶん、自分はそういう人種ではない。

「そなた、我の妻にならぬか」

カーミルに熱っぽく求婚されて、エビは苦笑を漏らした。

「無理ですよ。いくらなんでも、男だってわかるでしょう」

「男だと誰も気づかぬ」

真剣なカーミルの言葉で、エビはカラダリ王国の女性が身につけている黒衣を思い出した。女性は目しか見えない。

「ああ、確かに、あの黒くてズルズルの着ていたら性別なんてわからない……いや、そういう問題じゃない。神が怒ります」

カーミルを黙らせるには神しかいない。エビはムスリムではないのにイスラムの神に祈った。

「神がそなたを与えたもうた。なぜ、お怒りになる」

カーミルにはカーミルの言い分があるようだ。

「女の子のほうがいいですよ」

「我は王妃になりたがる女子は好かぬ」

女の裏を知っているエビは、カーミルの気持ちが理解できる。だからといって、おいそれとは受け入れられないが。

「……困りました」

「そなた、我を拒むのか?」

カーミルの鋭い目がさらに鋭くなり、周囲の空気も一変した。自尊心の高い皇太子を拒むなど、侮辱したにも等しい。

「…………」

「神に祝福された我をそなたは拒めぬ」

カーミルに抱き締められて、エビは観念した。何があっても、カーミルの機嫌を損ねてはいけない。夜の相手をして、日本画の在《あ》り処《か》を訊《き》きだせたなら、それはそれで成功だ。

エビは覚悟を決めると、カーミルの唇に触れるだけのキスを落とした。

先ほどまで強引に口説いていたカーミルが動揺している。気のせいかもしれないが、ほんのりと目元が赤い。表情は硬いが、嬉しそうだ。

「……殿下？」

エビは驚愕《きょうがく》で瞬《まばた》きを繰り返した。

「…………」

浅黒い肌なので見間違いかと思ったが、カーミルは明らかに照れている。数多《あまた》の美女から誘われる男には到底思えない。

「どうされました？」

エビは照れているカーミルが可愛くなってしまって、彼のシャープな顎先《あごさき》に唇を寄せた。チュ、とわざと音を立てる。

「……柔らかいな」

カーミルの言葉を聞いて、ぶっ、とエビは噴きだしてしまった。

「そなた……」

カーミルは憮然とした表情で見つめてくるが、エビは笑わずにはいられなかった。

「す、すみません……いや、だって……」

「愛らしい」

カーミルは怖いぐらい真剣だが、エビの頬は緩んだままだ。

「……そ、そうですか」

「国に連れて参る。我は父や祖父のような不実はせぬ。そなただけを大切に守ろう」

カーミルの情熱的でいて誠実な言葉を聞き、人の裏を熟知しているエビは苦笑を漏らした。まかり間違っても、現実にはなるまい。動じる必要はまったくないのだ。

「嬉しいです」

エビはにっこり微笑むと、カーミルの首に両手を絡ませた。甘い言葉を囁《ささや》いてくれた唇にキスをする。カーミルはされるがままで、置物のようにじっとしていた。エビは焦《じ》れったくなってくる。

「……殿下?」

エビは先を促したが、肝心のカーミルは動かない。

「………」

密着しているカーミルの身体から熱が伝わってきて、エビは長い睫毛《まつげ》に縁取られた目を大きく揺らした。

「殿下？　ベッドに行きますか？」

和室の奥にある部屋にはキングサイズのベッドが置かれていた。優美さと快適さを追求した造りらしい。

「婚姻前にそういうことは……」

下半身は昂《たかぶ》っているというのに、理性が誇り高き王子を抑えている。

「婚姻って、それは無理ですから」

ふっ、とエビは鼻で笑ってしまったが、カーミルはそのことに気づいていない。彼は今、抗《あらが》いがたい欲望と戦っているのだ。

「愛らしいそなたにふしだらな女のような真似はさせたくない」

カーミルの国では昔、結婚前の女性が性交渉を持ったら、焼き殺されてもおかしくはなかった。今でも結婚前の性交渉は許されない。進歩的な国だが男尊女卑は根強く残っている。

「ここは日本です。結婚前に何をしたってふしだらではありません。そもそも、結婚前に妊娠している女性だって珍しくない」

エビが大和撫子《やまとなでしこ》幻想《げんそう》を打ち砕くと、カーミルの顔は強張り、声を失った。

「殿下？　そんなになって、つらくありませんか？」

エビも男だからわかるが、カーミルの下半身はどうしようもないところまできているはずだ。

「そなた……」

「殿下なら、特別にいいですよ」

一国の王子でなくても、男は自分だけは特別、という言葉に弱い。エビはカーミルの股《こ》間《かん》に手を伸ばした。

「我だけ？」

カーミルの声は掠《かす》れている。

「はい、殿下にだけ、特別です」

エビがあだっぽい表情を浮かべて、布越しにカーミルの股間を弄《まさぐ》った。

「……っ」

布越しにもカーミルの男性器の昂りがわかる。エビは欲情に塗《まみ》れたカーミルの顔に唇を寄せると、煽《あお》るように手を動かした。自分でもわからないが、雄々しいカーミルが無条件で可愛くなってくる。

「殿下なら何をしてもいいですよ」

「……何をしてもよいのか？」

「はい、殿下ならば……」

エビの甘い言葉に負けたのか、カーミルが野獣のような目で覆い被さってきた。ベッドに行く余裕もないらしい。

「可愛いことを……」

鍛え上げられた肉体の感触は、意外なくらい心地良かった。エビが身に着けていた帯はほどけて、下半身は剝《む》き出《だ》しになっている。自分から下着を脱いで、すんなりとした足を開いた。

「優しくしてください」

息を呑《の》むカーミルに、エビは艶然《えんぜん》と微笑んだ。もっとも、エビの余裕はそれまでだった。

いきなり、カーミルが昂った肉塊をエビの身体に突き立てようとしたのだ。

「ちょ、ちょっと待った、殿下、無理ですっ」

性急な砂漠のプリンスに、エビは真っ赤な顔で叫んだ。左右の手足も力の限りバタつかせる。

「……ん？」

「殺人罪で逮捕されますよ。まず、キスでもしてください」

カーミルを宥《なだ》めるように、エビは彼の広い背中を優しく摩《さす》った。

「……ん」

落ち着いたのかと思ったが、カーミルは自分を見失ったままだ。エビの唇にキスをしようとしたらしいのだが、目的を誤ったらしく、青々とした畳に唇を寄せた。

「殿下、そこじゃありません」

エビは自分の唇を擦りぬけて畳にキスをするカーミルが不思議でならない。カーミルの背中を諭すように軽く叩《たた》いた。

「……あ?」

「殿下、こっちですよ」

エビはカーミルにキスを求めて唇を突きだす。それなのに、目の血走ったカーミルのキスはエビの頬に落ちた。

「殿下……」

カーミルの身体は今にも頂点を迎えそうなほど熱い。余裕がないことは確かだ。

その夜、エビは直情的で激しい砂漠のプリンスに身体を開いた。

生涯、忘れられない夜だろう。

5

翌日、エビは腰が痛くて起き上がることができなかった。下半身の感覚がないというか、腰から下がどんよりと重いというか、とどのつまりはベッドの国の住人だ。

傍《かたわ》らでは体調不良の原因であるカーミルが、心配そうな顔でおろおろしていた。これまでかなり感情を態度に表さない男だったが、たった一晩で変わってしまったようだ。つい先ほど拒んだばかりというのに、日本の医師を呼ぼうとする。

エビはベッドから力の限り怒鳴った。

「絶対に呼ぶなっ」

エビの剣幕に押されたのか、カーミルは呆然《ぼうぜん》と立《た》ち竦《すく》む。今まで頭ごなしに怒鳴られたことなど、一度もなかったに違いない。

「寝ていれば治るから、絶対に医者を呼ばないでください」

エビはベッドに突っ伏したまま念を押した。

「殿下、落ち着きあれ」

イルファーンはカーミルを優しく宥《なだ》めているが、ナスリーは苦虫を噛《か》み潰《つぶ》したような顔をしている。

昨夜《ゆうべ》、何が行われたか誰もが知っていた。なんのことはない、カーミルが堂々と宣言したからだ。「我が妻にする」と。

こんなことになるとは、とエビは心の中で悔やんだ。

ベッドの中で朝昼兼用の軽い食事を摂《と》った後、時間をおいてから、特別室に備えられている露天風呂《ろてんぶろ》に浸かった。八階にあるので見晴らしがいいし、独特の情緒があって風流だった。

「すまぬ、痛むのだな」

カーミルに支えられるようにして、エビは岩風呂《いわぶろ》に身を沈めた。行為を許したのはエビなので責めたりはしない。

「温泉の効能を試すチャンスです。ここは源泉かけ流しですからね」

「すまない」

カーミルは恐縮しているが、エビの身体《からだ》を離そうとはしなかった。それどころか首筋に残るキスマークを見ると満足そうに微笑《ほほえ》んだ。

「殿下、お尋ねしたいことがあるのですが、何を聞いても怒りませんか?」

「我が妃に怒ったりはせぬ」

甘ったるい目でエビを見つめるカラダリの皇太子に、日頃、漂わせている威厳は微塵《みじん》もない。温泉に浸かっている最中に、風格を保つほうが難しいかもしれないが、出会った時とあまりにも違う。

「それでは……殿下、もしかして、ああいうことをしたのは、俺が初めてですか？」

カーミルならば、望めばいくらでも相手はいただろう。望まなくても、相手はいたはずだ。だから、まさか、と思った。しかし、どう考えても昨夜のカーミルは経験者ではない。下手、なんて言葉では表現できないほどとんでもなかった。

「いかにも」

カーミルは拍子抜けするぐらい簡単に認めた。

「殿下、今まで何をやっていたんですか」

二十歳《はたち》の美丈夫の意外な下半身事情に、エビは呆然としてしまった。

今までにいくらでも据《す》え膳《ぜん》が用意されたはずだ。ヤクザと比べるのは間違いかもしれないが、眞鍋《まなべ》組の清和《せいわ》はきっちりと据え膳を食べていた。エビの世界では時に据え膳は食べないとヤバイ場合がある。

「その言い草はなんだ。我の前にこれまで現れなかったそなたが悪い」

エビにも覚えがあるが、男にとって初めての相手は特別だ。昨夜、熱に浮かされた男は、夜が明けた今でもぐつぐつと沸騰中だ。初めて肌を合わせた相手しか見えていない気配がある。

「……日本から遠いですからね」

童貞に手を出しちまったのか、とエビは心の底から悔やんだ。どんなに後悔してもすでに遅いが。

「この世にこれほど愛《いと》しい者が存在するとは思わなかった」

カーミルが口にしたのでなければ、鼻で笑い飛ばすところだ。エビは異国の皇太子が満足する返事をした。

「光栄です」

エビの返事が気に入ったのか、カーミルは砂糖菓子のような甘いムードを漂わせた。

「そなたの望みはなんでも叶《かな》えよう」

一言でも欲しいと漏らせば、山でも海でも買ってくれそうな雰囲気がある。エビは自宅のトイレを詰まらせたまま出てきたので、ラバーカップを希望しそうになってしまったが、あまりにもみみっちいので控える。

「ありがたき幸せです」

カーミルはエビの希望を叶えようと勢い込んだ。

「望みを申せ」

自分でもわけがわからないが、純粋なカーミルが可愛《かわい》くて仕方がなかった。カーミルの情熱に引《ひ》き摺《ず》られているのかもしれない。

「では、殿下の母上様の所業を父王様に告げてください」

カーミルには暗殺の危険が付《つ》き纏《まと》う。エビはカーミルを死なせたくなかった。

「……そなた」

エビの要望が意外だったらしく、カーミルは切れ長の目を驚愕《きょうがく》で見開いた。温泉の湯も揺れている。

「俺は殿下を狙《ねら》う王妃様が許せません」

「………」

「今さら、隠しても無駄ですよ。殿下のお命を狙っているのは王妃様でしょう？　俺、白《しら》髪《が》になる前に未亡人になるのはいやですからね」

エビは可愛い妻を装ったが、カーミルは望んだ言葉を口にしなかった。

「そなたをおいて逝《い》きはせぬ」

なんの根拠があってそのようなセリフが出るのか、エビは問《と》い質《ただ》したい気分だ。ちなみに、エビは無神論者だ。

「神がお守りくださる、なんて言わないでください。神は王妃様もお守りしています」

神も進歩的なカーミルより保守的な王妃のほうが可愛いかもしれない。皮肉を続けようかと思ったが、カーミルは凜《りん》とした声で言い放った。

「正義は我にあり」

正義は金で売買される儚《はかな》いものだ。この世で一番頼りにならないものかもしれない。

「正義がまかり通るのは少年マンガの世界だけです」

正義感の強い男には何を説いても無駄だと悟ると、エビはガラリと話題を変えた。

「……それで、昨日、捕まえた暗殺者はどうなりました？」

「解放した」

予想だにしていなかった答えに、エビは口をあんぐりと開けた。

「……は？　か、解放したって、逃がしたんですか？　馬鹿《ばか》にもほどがあるっ」

思わず、エビはカーミルの凜々《りり》しい顔に飛沫《ひまつ》をかけてしまった。側近たちが見ていたら逮捕されていたかもしれない。

「そなた、我に向かって馬鹿とは……」

カーミルはエビの態度に驚いたようだが、咎《とが》める素振りはなかった。たった一晩でエビにはとことん甘くなっている。

「だって、そうでしょう？　暗殺者を父王の前に突きだすべきでしたよ。暗殺者も本当の依頼主の名前は知らないでしょうが、それでも、今後のためには必要ですよ」

暗殺者にカーミルの暗殺を依頼した者が、王妃の命を受けた人物とは限らない。おそらく、何枚ものクッションが置かれているはずだ。

「しばらく国から離れていれば、冷静になるかもしれぬ」

傑出した男でも肉親相手だと見通しが甘くなるのかもしれない。来日した最大の理由は母親だ。

「無理だと思いますよ」

母親や外戚《がいせき》と距離を置くことによって、現状が改善されるとは思わない。もう、そんな場合ではないのだ。

「我が母は悪い女性ではない」

母を庇うカーミルに、エビは胸が痛くなった。

「悪い女でなくても、タチの悪い淑女はいます。無自覚の悪い淑女が一番始末が悪い」

チクリと匂わせたエビに思うところがあったか、カーミルは涼しそうな微笑を浮かべた。

「我の母は自覚がないだけだ」

「ああ、もう……暗殺者から何も訊きださなかったんですか？」

確かめなくても、金で雇われた輩《やから》だとはわかっている。誰に雇われたのか、それだけでも何かの糸口になるのだが、この分だと何も訊きだしていないかもしれない。

「いかにも」

「イルファーン様やナスリー様はなんて？」

エビが側近の態度を尋ねると、カーミルは目を細めた。

「公にしても見苦しいだけだとイルファーンは申した。ナスリーが抹殺しようとしたので、イルファーンは焦ったようだ」

王族の一員らしくイルファーンは世間体《せけんてい》を慮《おもんぱか》ったようだ。ナスリーは直情型らしく、周囲を慌てさせたらしい。カーミルの左右に立つ男たちの性格はまるで違う。ふたりの中間点にいるのがエビかもしれない。

「ハマド様は？」

警備の責任者の名を挙げると、カーミルは誇らしそうに微笑んだ。

「ハマドは何も言わぬ」

カーミルが生まれる前から護衛していたというハマドは、決して自分の意見を口にしない。主人の意志が自分の意志であると決めているからだ。

眞鍋組にも昔堅気の極道がいるが、どこか通じるものがあるかもしれない。

「殿下、暗殺者が押し寄せてくるかもしれません」

「そなたを悲しませたりはせぬ」

優しい目をしたカーミルの手に、エビは白い頬《ほお》を撫《な》でられた。いつしか、カーミルの股《こ》間《かん》では獰猛《どうもう》なオスの象徴が息づいている。何を求めているのか、確かめなくてもわかった。王冠を頭上に抱くとはいえ、若い男には変わりがない。

「……聡明《そうめい》なる殿下、小さくできませんか？」

エビは湯面を見つめつつ、控えめに言った。

「すまぬ」

カーミルはエビから視線を逸らすと、柵《さく》のように並べられている植木を眺めた。若きプリンスは必死になって自分を抑えている。

けれども、一向に静まる様子がない。艶《なまめ》かしい裸体を晒《さら》したエビがそばにいる限り、カーミルは己の欲望に勝てないようだ。

エビはさりげなくカーミルの気を逸らそうとした。

「殿下、いい天気ですね」

夜の露天風呂は格別だが、晴天の下も悪くはない。東京と違い、空気も澄んでいて心地良かった。

「うむ」

カーミルは鷹揚《おうよう》に頷《うなず》いた。

「紅葉の季節、湯村《ゆむら》は綺麗《きれい》ですよ」

「うむ」

「山梨《やまなし》の土産《みやげ》はぶどうゴーフルよりワインゴーフルを勧めたいんですが、たとえ、酒の味がしなくても、ワインと名のつくものは禁止ですか？」

友人の祖父が経営していた温泉旅館で出たワインゴーフルは美味《おい》しかった。個人的感想だが、桔梗屋《ききょうや》で茶菓子として出されるぶどうゴーフルよりコクがある。

「うむ」

「オフクロが反面教師になっているんでしょうか？　俺、自宅にいる時は毎日、掃除機をかけて、トイレ掃除もしています。その日はたまたまトイレだけじゃなくて廊下も玄関もトイレットペーパーで拭《ふ》いて、流そうとしたんですが、やっぱり無精をしちゃ駄目ですね。トイレがトイレットペーパーで詰まってしまいました」

トイレの水が流れなくて焦っていた時、サメから呼びだしがあったのだ。あの時、甲府《こうふ》くんだりまで来ることになるとは夢にも思わなかった。東京に戻ったら、することは決まっている。

「うむ」

カーミルから抑揚のない声で返事があるが、エビの言葉を理解しているか不明だ。表情はこれといって変わらないが、カーミルの下半身は戻れないところまで到達していた。

「殿下、無理ですね」

エビが下半身について指摘すると、カーミルは青々とした緑を眺めたまま頷いた。

「うむ」

「俺の話、聞いていませんね」

「うむ」

これといってカーミルの表情は変わらないが、頭の中では経済白書でも捲《めく》られているのかもしれない。

「上がりましょうか」

「うむ」

エビは温泉から上がろうと細い腰を浮かせかけたが、太陽の光に照らされたカーミルがやけに可愛く思えてしまった。自分を思って耐えていると知ると、さらに可愛さが募る。

エビはにっこりと微笑むと、カーミルの股間に手を伸ばした。

「貸してください」

これ以上、大きくならないと思っていたのに、カーミルの分身はさらに膨張した。エビは今さらながらに衝撃を受ける。昨夜、自分の身体が壊れなかったのが不思議だ。

「そなた、何をする?」

つい先ほどまで『うむ』の連発をしていた男は、ようやく我に返ったらしく、股間に伸ばされたエビの白い手に動じた。

「そんなに大きくされたら、ちょっと怖くなるんですよ」

甲府にいる時ぐらい楽しませてやりたい、そんな思いがむくむくとエビに湧《わ》き上《あ》がってきた。

「無体はせぬ」

カーミルが仏頂面《ぶっちょうづら》で言ったので、エビは悪戯《いたずら》っ子《こ》のような顔で煽《あお》った。

「したいくせに」

「そなた……」

「入れるのはNGですが、いろいろとやりようがありますから」

エビが慎みも恥じらいもなくズバリと言うと、カーミルは言葉に詰まった。どこかで鳥が鳴いている。

「ふしだらとか堕落しているとか、怒らないでくださいね。俺がここまでするのは殿下だけですよ」

エビは頬を薔薇色《ばらいろ》に染めて本心を吐露すると、カーミルの男性器を揉《も》み扱《しご》いた。今朝から意外なくらい素直なカーミルはされるがままだ。


結局、一回では収まらず、エビは広々とした脱衣場でカーミルに押し倒された。薄い胸を這《は》い回《まわ》るカーミルの唇がくすぐったい。

「女だったらもっと楽しいですよ」

エビの胸の飾りはぷっくり立ち上がり、カーミルの目も楽しませていた。だが、女性のような膨らみはない。

「……なぜ?」

「胸で挟める」

何を胸で挟むのか、詳しく説明しなくてもわかったらしい。カーミルは怪訝《けげん》な顔で尋ねてきた。

「なぜ、そのような?」

「そりゃ、男だったら楽しいと思いますよ」

エビがニヤリと笑うと、カーミルは真剣な顔で言った。

「我はそなたがいい」

カーミルは女嫌いというより、根本的に興味がないのかもしれない。薄いエビの胸に愛しそうに口づけた。初めての相手に夢中だ。

「光栄ですが……」

「可愛い口で女の話などするな」

「怒らないでください」

カーミルの情熱的な唇に下肢を震わせた時、エビは脱衣場に人の気配を感じた。これはもう言葉では表現できない直感だ。

籐《とう》の椅子《いす》とテーブル、ヘルスメーターに電動マッサージ椅子、大きな鏡が張られた洗面台にはアメニティが揃《そろ》えられている。白い百合を生けた花瓶やドライヤーの位置は変わっていない。一見、異変はないが何か違う。

「どうした?」

肌を重ねているカーミルにもエビの緊張が伝わったようだ。

「ここでは……」

エビは洗面台の下と濡れたタオルを入れる大きなダストボックスに視線を止めた。小柄な男ならば充分、身を隠せる。エビでも楽に潜り込めるだろう。

「部屋に戻るか?」

「はい」

カーミルの身体を乗せたまま、エビがさりげなくヘルスメーターに手を伸ばすと、洗面台の下の扉が開いて、覆面の男が飛びだしてきた。その手にはジャックナイフが握られている。

「このっ」

エビはヘルスメーターを暗殺者に向けて投げた。

「うっ……」

顔面にヘルスメーターを食らい、ほっそりとした暗殺者はその場に蹲《うずくま》る。すかさず、エビはドライヤーで暗殺者の首の後ろを殴った。

暗殺者は呻《うめ》き声《ごえ》も出さずに倒れる。

カーミルがアラビア語で叫ぶと、脱衣場の外に控えていたイルファーンと若い護衛官が飛び込んできた。

若い護衛官が暗殺者を取り押さえ、険しい顔つきのイルファーンが覆面を取る。暗殺者は日本人だ。

すべて一瞬のことだった。

「痛……」

倦怠感《けんたいかん》のある身体を無理に動かしたので、甘く整ったエビの顔は派手に歪《ゆが》んだ。腰にぶら下がってる鉛が一段と重くなったようだ。

「我が妻よ、しっかりいたせ、我をおいていくな」

何を勘違いしたのか、カーミルはこの世の終わりのような顔をしている。

「腰が痛いだけですから」

子泣きジジイが背中に貼《は》りついているみたい、とエビは異国のプリンスに通じないとわかっている軽口を飛ばした。

「医者を呼ぼう」

「呼ぶのは医者ではなくて警察です」

カーミルが滞在している時、カーミルたっての希望で桔梗屋内《ききょうやない》に日本の警察官はいなかった。桔梗屋の周囲、湯村温泉地を巡回しているらしい。洗面所の下に侵入していた暗殺者は、二十代後半といったところだ。プロには見えないが、普通の男ではない。

「警察など呼んでもそなたの身体は救えぬ」

基本的にカーミルは警察官を信頼していない。側近であるナスリーやイルファーンにしてもそうだ。

「もう、なんでもいいから、その暗殺者を締め上げろーっ」

エビの罵声《ばせい》が広々とした脱衣場に響き渡った。


桔梗屋の女将《おかみ》も断固として日本の警察官を呼ぼうとしたが、頑《かたく》ななカーミルに拒まれてしまった。女将もカーミルの意見を無視してまで、警察を呼ぶことはしない。緊張気味の女将が淹《い》れてくれた日本茶で喉《のど》を潤した後、エビはのほほんとしているカーミルに嚙《か》みついた。

「今回の男まで無罪放免にしちゃ駄目ですよ」

王者の風格というより、カーミルは何かが違うような気がしてならない。事態を的確に把握できないほど愚かな男ではないはずだからだ。

「暗殺に失敗したら、その場で自決するのがプロであろう。それもせぬ小物を取り調べても時間の無駄だ」

カーミルは悠然とした態度で、暗殺者について語った。察するにカーミルはこれまでS級の暗殺者に狙われてきたようだ。

「もしかして、暗殺者には慣れているとか？」

思い当たって尋ねると、カーミルは平然と肯定した。

「慣れるものではないが、珍しいものではない」

暗殺者に恐怖を抱いている気配はないが、軽んじている様子もない。単純にカーミルにとって暗殺は身近なものなのだ。

絶えず命の危険に晒《さら》されているカーミルには同情するところだが、今のエビにそんな余裕はなかった。

「昨日に続いて今日、厳しい警護を掻《か》い潜《くぐ》って侵入したんです。明日にも明後日にもやってきますよ。ここでなんとかしないと」

つい先ほどの暗殺者は暴走族上がりのチンピラで、都内の盛り場で初めて会った男にカーミルの殺害を依頼されたという。依頼者の顔もよく覚えていないそうだ。チンピラはカーミルの正体を知らなかったらしく、身分を知ると真っ青になって震え上がった。情けないくらい、正真正銘の小物である。

「そなたの働きには感謝するが、危ないことはしないでほしい。そなたの身は我が至宝、大切にしてほしい」

あの場合、俺が守らなかったら誰が守るんだ、とエビはくわっと牙《きば》を剝《む》いた。

「だから、そんな呑気《のんき》なことを言っている場合じゃないっ」

危機感を抱いているのはエビだけで、カーミルだけでなくイルファーンものんびりとしている。観光で周囲に神経を尖《とが》らせていた男とは思えない。

エビは気性の激しいナスリーに言葉を向けた。

「ナスリー様、日本でも金を出したらいくらでも暗殺者が雇えます。それこそ、S級のプロが殿下を狙うかもしれません。早急に手を打たないと」

「神が罰を与えられる」

ナスリーが仏頂面で答えると、カーミルやイルファーンも無言で頷いた。

「進歩的なのに、どうしてそんなところだけ古くさいんだ」

「神への侮辱は、たとえ殿下の第一夫人でも許されぬ。心せよ」

ナスリーの呼び名にエビは面食らった。

「だ、だ、第一夫人……ってね」

俺の性別を忘れているだろう、とエビは喉まで出かかったが言えなかった。あまりにもすんなりと受け入れられているからだ。

カーミルは涼しそうに目を細めると、イルファーンに声をかけた。

「妃として迎えるよう整えよ」

「かしこまりました」

「そなたの娘では無理があるな。そなたの妹にしよう」

　さすがに、エビをそのまま王妃にするには無理があるので、イルファーンに連なる者としてから王宮に迎えようとした。

　エビは呆気《あっけ》に取られたが、カーミルはあくまで本気だ。伏し目がちのイルファーンは手を左の胸において厳《おごそ》かに言った。

「ありがたきお言葉なれど、我は先王の第十五番目の妻が産んだ二十三番目の王子の子に当たります。恥ずかしながら、王妃を出せるような家ではありません」

　イルファーンは現国王の弟の第三夫人が産んだ五番目の王子だ。王族には違いないが立場は弱い。イルファーンの父親はおとなしすぎるせいか、王族でありながら国の主要ポストにも就《つ》いていなかった。

「そのようなことは気にせずともよい。我の代で変わる」

　どんなに優秀な者でも、カラダリ王国では家柄が低いと出世は閉ざされる。それなのに王族に連なる者、すなわち支配一族の一員であるというだけで主要ポストに就く。このままだと、いつか、国は行き詰まる。家柄や出自に関係なく、社会で活躍できるようにしなければならない。夢がなければ人も国も発展しないのだ。カーミルはアメリカ留学でつくづく実感したという。

「下々にも夢を与えたい、と殿下は仰《おっしゃ》いましたよね」

「ああ、施設で育った子供が大臣に就任するような国にしたい。そうなればどのような境遇であれ、幸福な未来を夢見て生きていける。罪を犯す者も減るだろう」

カーミルは恵まれない子供のための施設を設立し、優秀な講師を雇って高度な教育を施している。英邁《えいまい》な父王以上に英邁、と早くも評判だ。

「殿下が設立された施設から早くも優秀な男子が現れております」

「バドルが首席を取ったことは我の耳にも届いておる。金で首席を買おうとしていた者にはいい薬だ」

不幸な事故で両親を一度に失ったバドルという少年を施設が引き取り、すべての面倒を見た。カーミル奨学金を受けたバドルは奮闘し、王族の子弟が集《つど》う国随一の学校に首席で入学している。

カーミルはバドルの快挙を手放しで褒めるが、イルファーンは苦笑いをした。

「殿下、それは口になさいますな」

「我の従弟《いとこ》といえども、不正は許さぬ。実力で首席を勝ち取ったバドルに手は出させぬぞ。学問に氏素性《うじすじょう》は関係ないのだから」

裏で金を積んで首席を買おうとしたのは王妃の実弟の息子で、カーミルには従弟に当たり、将来の警察のトップを約束されている男だ。カーミル奨学金を受けたバドルに首席入学を奪われ、面白くないだろう。

そんなんだからオフクロさんに嫌われるんだよ、とエビは心の中でそっと呟《つぶや》いた。けど、真っ直ぐで公正なカーミルが嫌いではない。

「さようですね」

「身分だけで暴利を貪《むさぼ》ろうとする者は許さぬ。我の代で変える……必ず、我が変えてみせる」

国家を論ずるカーミルは遠すぎて、エビには実感が湧かない。でも、崇高な目的を持って立ち向かうカーミルがやけに眩《まぶ》しかった。

カーミルの夢が叶《かな》えばいい、と心の底から思う。

いや、夢どころか、まずは目の前に差し迫った現実を打開しなければいけない。桔梗屋のスタッフに化けた暗殺者がカーミルを狙ったのだから。

スタッフの不自然な態度に気づき、声をかけたのはエビである。焦ったのか、スタッフに化けた暗殺者は尻尾《しっぽ》を出した。

「うちのスタッフではありません」

ナスリーに拘束されている暗殺者を見て、女将は首を大きく振った。女将は青褪《あおざ》めているが、決して取り乱したりはしない。

「女将、迷惑をかけてすまぬ」

カーミルは多大な迷惑をかけている女将に詫びた。

「とんでもございません。こちらこそ、殿下にお寛《くつろ》ぎいただけず、申し訳ありません」

桔梗屋に落ち度があるとは思えないが、女将はカーミルを気遣った。懐《ふところ》の深い女性だ。

あの手この手で暗殺者はやってくるが、カーミルはまったく動じない。相変わらず、エビに愛の言葉を囁《ささや》いている。

「殿下、本当に本気で心配しますが、このままだと明日にも殿下の葬儀ですよ」

「そなたをおいては逝かぬ」

唯一無二の神を信仰している男は呆《あき》れるぐらい強かった。首根っこを摑《つか》んで説教したい気分に駆られたが、他人の主義は変えられないと知っている。エビは苛立ちつつ、カーミルにつきあうしかない。


小雨が降りだした夕方に、先日、カーミルが昇仙峡《しょうせんきょう》で購入したパワーストーンが桔梗屋に届いた。広々としたロビーに段ボール箱が積み上げられる。カーミルは中を確かめようともせず、侍従に命じて片づけさせた。台車に載りきらなかった大きな紫水晶や黄水晶もそのまま三階の大宴会場に運ばれる。

エビは桔梗屋の内部を頭に叩《たた》き込《こ》んでいる。名取画廊《なとりがろう》で買い上げた日本画も三階の大宴会場に収めているのではと目星をつけた。警備員は配置されているが、特別厳重というわけではない。

「殿下、せっかくお買い上げになったんですから、もうちょっと……」

エビは苦笑を漏らしつつ、カーミルの袖口《そでぐち》を引っ張った。

「どうした？」

「せっかく買ったんだからちょっとぐらい見たらどうですか、ってね。これが庶民の感覚です。でも、本国に送るから梱包《こんぽう》は解かないほうがいいですよね」

エビが一般庶民の感覚を語ると、カーミルは情熱的な愛を口にした。

「我はそなたを見ているほうがいい」

そう来たか、と照れている場合ではないが照れてしまった。エビはほんのりと染めた頬に手を当てる。

「……う、あの、では、本国で見てあげてください」

「そなたと一緒に見る」

夢の国の王子は夢物語を熱っぽく語った。純情で照れ屋だと思ったら情熱的だ。基本的にロマンチストなのかもしれない。

「そうですね」

「……愛しい」

カーミルは熱に浮かされたような目で、苦しそうに愛の言葉を囁いた。エビへの想《おも》いが強すぎて、自分で自分がコントロールできないらしい。初めての感情に振り回されている。

「嬉《うれ》しいです」

エビは夢の国の王女ではないが王子の話につきあった。エンドマークが見えているので苦にはならない。

隙《すき》を見てイワシに連絡を入れ、タイに忍び込ませる。エビがボヤ騒動を起こして護衛官の気を逸らしているうちに、日本画を交換すればいい。台所で護衛官たちの食事に一服盛るのもいいだろう。桔梗屋には申し訳ないが、食中毒騒ぎを起こすのも一つの手かもしれない。カーミルならば食中毒騒ぎが起こっても、公的機関に届けさせたりはしないはずだ。いくつかの手順が頭の中で完成した。

それなのに、エビはイワシに連絡を入れず、恋の病に取りつかれているカーミルの逞《たくま》しい腕に抱かれている。

少し様子を見たほうがいい、と自分に言い聞かせながら。

6

翌朝、エビはカーミルの腕枕《うでまくら》で目覚めた。

「おはようございます」

エビがくぐもった声で朝の挨拶《あいさつ》をすると、カーミルは頬《ほお》を緩ませた。

「まだ眠いのか?」

「眠いです」

昨夜《ゆうべ》、身体《からだ》から手を離そうとしないカーミルには参った。いや、身体的《じ》な負担を考慮して、ことに及ぼうとはしない。だが、ずっとエビの肌に触れている。焦れったくなったのは、エビのほうだった。

『殿下、いいですよ』

結果、エビが誘う形になった。ベッドで若い男が喜ぶように振る舞い、理性を飛ばさせた。淫《みだ》らな自分を思い出すと後悔に苛《さいな》まれるが、今だけだと思えば吹っ切れる。カーミルが帰国すれば、二度と会うこともない。胸がチクリと痛んだが、深く考えなかった。

「ゆるりとせよ」

カーミルは労《いたわ》るように唇でエビの頬に触れた。

「殿下、一昨日《おととい》も昨日も……元気ですね」

蕩《とろ》けるような目をしたカーミルの下半身に気づき、エビは感心してしまった。覚えてしまった快楽に溺《おぼ》れているのだろうか、若いのだとつくづく実感してしまう。

「そなたが惑わすからいけないのだ」

カーミルの目には誰よりもエビが艶《なまめ》かしく映るようだ。

「そんな覚えはないんですが」

「ほかの者もそなたを見て惑うかもしれぬ。今日からアバヤを身につけよ」

男と二人きりになっただけでも、女性のほうが罵《ののし》られかねない国柄だ。男の性衝動を煽《あお》らないように、女性は注意を払って生活している。

カーミルの懸念も当然かもしれないが、エビは顔を引《ひ》き攣《つ》らせた。

「俺は男ですから、その必要はありません」

「ならぬ」

誰にも見せたくない、という独占欲もカーミルにはあるようだ。

「無用です」

エビはぴしゃりと撥《は》ねつけた。

「なぜ、我に逆らう？」

カーミルは自分の意のままにならないエビを不思議そうに見つめた。

「ここにいる時は無用です。殿下以外に男の俺にどうこうしようなんて人はいません」

「愛らしいそなたには誰もが惑わされる」

あばたもえくぼ、という諺《ことわざ》がエビの目前に散らついた。断言はできないが、カーミルが連れてきたカラダリ人の中でそういった趣味を持つ男はいない。桔梗屋《ききょうや》の男性スタッフにしてもそうだ。

「俺が殿下のものだって知っているのに、殿下の部下は俺に手を出すんですか？　不敬罪なんてもんじゃないでしょう？」

カーミル一行には忠義一筋の者たちが多いような気がする。主人が妻にすると宣言したエビに、手を出すような不届きな輩《やから》はいないだろう。たとえ下心があっても隠すはずだ。

「頭の中でそなたを思うことも許せぬ」

意外なくらい嫉妬《しっと》深《ぶか》いカーミルに、エビは呆《あき》れてしまった。

「殿下……」

頭の中で何を思おうが実害さえなければいいだろう、と心の中で文句を言ったが、カーミルには届かない。

「そなたは我だけのもの」

心なしか、カーミルの体温が上がったような気がした。

「そうですよ。俺はあなたのものです」

「愛《いと》しい……これが恋というものか、我はそなたへの想いでおかしくなりそうだ」

　恋は小説や映画で取り扱われているようなものであったらしい。遅すぎる初恋にカーミルは身悶《みもだ》えている。

「こ、恋ですか……」

　プリンスの初恋の相手は何をどのように言えばいいのかわからず、金魚のように口をパクパクさせた。

「胸が苦しい」

　カーミルの周囲に渇いた砂漠が浮かび上がったような気がした。

「殿下、そんなに思いつめなくても」

　エビは宥《なだ》めるようにカーミルの肩を叩《たた》いたが、なんの効果もなかったようだ。カーミルに縋《すが》るような目を向けられてしまった。

「我の気持ちがわからぬのか？」

　我が苦しいほど愛しているのだから、そなたも苦しむほど愛されよ、とカーミルは真摯《しんし》な目で訴えている。

　エビはカーミルの望み通り、苦しそうな顔で応《こた》えた。

「わかっていますよ」

「そなたが愛しくて苦しい」

「はい」

「胸が痛い」

初恋に苦しむカーミルには鬼気迫るものがあって、エビはどうすればいいのかわからない。このような男は初めてだし、このようなことを言われたのも初めてだ。対処の仕方のデータも持っていない。

「こちらをなんとかしましょう」

エビはカーミルの下半身の昂《たかぶ》りに手を伸ばした。カーミルの心も身体も、エビを求めて猛っている。

「そなた……」

「殿下以外にこんなことはさせません」

エビはあだっぽく微笑《ほほえ》むと、カーミルの唇に優しいキスを落とした。摑《つか》んだカーミルの男性器を太腿《ふともも》の間に入れる。

「……っ」

「……立派ですね」

形状や大きさをモロに感じて、エビは肌を上気させた。慣れているわけではないが、何も知らない身体ではない。

「そなたはこのようなことをどこで覚えた？」

カーミルは巧みにリードするエビに、不審感を抱いたようだ。エビの実年齢を知っていても、面白くないらしい。

「日本には性関係の情報が氾濫《はんらん》しています。男だったら誰でも知っていると思いますよ」

「…………」

「ご希望ならば日本のエロ本をお持ちしますが」

エビが太腿で分身をぎゅっと挟むと、カーミルは男らしい眉《まゆ》をひそめた。

「……そのようなものはいらぬ」

「なぜ？　きっとお国では見られませんよ」

男ならば善光寺《ぜんこうじ》や昇仙峡《しょうせんきょう》より見ておくべきものですよ、とエビは歌うように軽く言った。

「汚らわしい」

カーミルは険しい面持ちで切り捨てた。

「俺のほうがいいんですか？」

とことん熱い男の気持ちに気づいて、エビは口元を緩めた。

「我の心をたばかるようなことはするな」

「エロ本くらいで……」

エビは惚《ほう》けてしまったが、カーミルの目はどこまでも真剣だった。

「そなた、我をどのように思っている？」

「聞かなくてもおわかりでしょう」

エビが太腿に挟んでいるカーミルの分身を煽るように動いた時、控えめなノックの音とともに若い護衛官が入ってきた。いつもナスリーに従っている護衛官で、エビも見覚えがある物静かな男だった。

アラビア語で何か言っているが、エビは理解できない。カーミルは上体を起こすと、エビの華奢《きゃしゃ》な身体を守るように優しく抱いた。

「殿下、どうしたのですか？」

エビはカーミルの腕から緊張を感じ取った。

「曲者が侵入したらしい」

カーミルはいつもと同じように淡々とした調子で言った。

「そうですか」

エビはカーミルの逞《たくま》しい腕に抱かれたまま、近づいてくる若い護衛官を見た。

違う、いつもの彼の目ではない、獲物を狙《ねら》うハンターの匂《にお》いがする、エビが枕を摑んだ瞬間、若い護衛官は剣で切りかかってきた。

エビは枕を若い護衛官に向かって投げるや否やカーミルをベッドの下に突き落とす。

もちろん、軍事訓練を受けている若い護衛官は怯《ひる》んだりはしない。祈りを唱えながら、エビに剣を振り下ろしてきた。

エビは剣を躱《かわ》し、枕の下に忍ばせていたナイフで若い護衛官の腕を切った。血飛沫《ちしぶき》が辺りに飛び散る。

カーミルがベッドのサイドテーブルに置いていた呼び鈴を激しく鳴らすと、イルファーンやナスリーに続き屈強な護衛官たちがやってきた。

みんな、一様に腕から血を流している若い護衛官に驚くが、何があったのか確かめなくてもわかるようだ。

最期《さいご》のあがきか、若い護衛官は剣を振り回しながら逃げようとした。

ナスリーは信じられないといった風情《ふぜい》で、若い護衛官に対して剣を抜く。苦しまないように一瞬で引導を渡した。

カーミルは自分用の白いガンドゥーラを、エビのほっそりとした身体にかけた。エビの裸体を誰にも見せたくないらしい。

「どうなっているんだ」

呆然《ぼうぜん》と佇《たたず》むエビの疑問に誰も答えない。いや、誰も何も答えられないのだろう。それぞれ、血の海に倒れている若い護衛官を見つめている。

唯一人、命を狙われたカーミルは平然としていた。

「すべて神の思し召し」

　王宮で生まれ育ったカーミルには、暗殺も裏切りも日常茶飯事だ。悲しむことではないのかもしれない。

　イルファーンやナスリーは深々と頭を下げると、神を称《たた》え、カーミルも称賛した。

　エビは神もカーミルも褒められない。

「護衛官に狙われたんですよ、今度こそ、国王陛下に言って処分してもらいましょう」

　エビは真剣な顔で詰め寄ったが、イルファーンは寂しそうに首を振った。

「証拠がありませぬ」

　改めて知った現状に、エビは困惑した。

「これだけ危ない目に遭っているのに証拠を摑んでいないんですか？　殿下が殺されてからじゃ、遅いんですよ。神は殿下を守ってくれません」

　思い余って、エビは壁を叩いた。

　一般人に危害が及ばなければいい、とカーミルの意思はそれだけだ。主人の命のせいか、イルファーンやナスリーにもそういうフシがある。だから、観光先ではピリピリしていたのだ。あの神経を桔梗屋内でも発揮してほしい。

「神を疑うなかれ」

「殿下の側近がこんなに無能だとは思いませんでした」

　純粋培養で育ったカーミルを守り、時に裏で工作するのが側近の役目だ。眞鍋《まなべ》組の清和《せいわ》にしろ、感情的になって突っ走ることがないわけではない。好戦的ではないが、基本的にはとても激しいのだ。そのつど、側近であるリキやサメは裏で上手《うま》く動いていた。

今、イルファーンはカーミルに追従して神を称《たた》えている場合ではない。エビは切れ者と評判のイルファーンを真正面から詰《なじ》った。

冷静沈着を体現したようなイルファーンは顔色一つ変えない。こんなところは眞鍋組の頭脳であるリキと同じだ。イルファーンはエビを諭すようにやんわりと言い返した。

「異教徒の第一夫人には理解してもらえぬかもしれません」

エビは目を吊《つ》り上《あ》げると、カーミルに思い切り凄《すご》んだ。

「殿下、俺は未亡人になるつもりはない、この護衛官の身辺を調べてください。間違いなく王妃様に連なる者と接触しています」

「部屋を移る」

カーミルはエビを抱き上げると、血で濡《ぬ》れた特別室を後にした。今の彼には初めて恋をした少年体形の日本人しか見えていない。

「殿下、俺のことなんかどうでもいいんですよ」

「そなたは愛らしいのに強い」

カーミルは不思議そうにエビを見つめた。エビの素性《すじょう》を疑っている様子はないが、軍人の攻撃を躱すなど、普通のガイドには無理だ。ヤバイ、とエビは泣きそうな顔をして

カーミルの胸に顔を埋《うず》めた。

「殿下をお守りしたい一心でした」

カーミルにはエビがけなげに見えるかもしれない。切なそうに目を細めて、エビの額に口づけをした。

「すまない、恐ろしい目に遭わせてしまった」

カーミルがつらそうに詫びてきたので、エビは泣きそうな顔を作った。うるりと大きな目を潤ませる。

「怖かったです。今でも怖いです。殿下が心配でなりません」

「護衛官に命を狙われるのはよくあることだ。案ずるな」

心の底から信頼していた護衛官が、いきなり暗殺者になって現れる。カーミルにしてみれば今回に限ったことではない。

「よくあることだって、落ち着いている場合じゃありませんよ」

カーミルには忠義一筋の護衛官が多いとばかり思っていた。エビは自分の直感に困惑する。今まで外れたことがないからだ。

「昨日の部下は今日の敵、人の心は移ろいやすい」

真面目《まじめ》な護衛官を惑わすのは金銭であったり、地位であったり、女性であったり、原因はさまざまだ。気にしていたら身動きができないと、カーミルはばっさり切り捨てている。

「殿下、非常事態ですよ」

エビの不安が伝わったのか、再度、カーミルは宥めるようにキスをした。

傍《かたわ》らにいるイルファーンやナスリーは無言で見つめている。側近の感情は読めないが、ふたりとも祝福しているようだ。

女将《おかみ》は警察に通報しようとしたが、例の如《ごと》く、カーミルは拒む。警備の責任者であるハマドは、カラダリ人だから極秘に処理する、迷惑は決してかけないと、女将に何度も頭を下げて頼み込んだ。

イルファーンが女将に新しいホテルが五軒以上、建てられるほどのチップを小切手で渡す。チップに折れたわけではないだろうが、女将は渋々ながらも旅館内で起きた惨劇に目を瞑《つぶ》った。女将はカーミルを心の底から案じているのだ。

「こちらの部屋をお使いくださいませ」

女将が真っ青な顔で新しい部屋を用意する。

今まで使用していた特別室に張り合うぐらい見事な部屋で、しっとりとした雰囲気が漂っていた。五十畳の和室の床の間には観音《かんのん》が描かれた掛け軸が飾られ、渋い色合いの壺《つぼ》が置かれている。その奥にはどっしりとしたソファとテーブルが置かれていた。重厚な扉の向こう側にはベッドルームがあるのかもしれない。

女将や仲居が朝食の用意をしている間に、エビは浴衣《ゆかた》に着替えた。カーミルのガンドゥーラは大きすぎるのだ。

連泊しているカーミルのため、毎食、桔梗屋の料理長は趣向を凝《こ》らしている。昨日の朝食と違い、今朝は吸い物と変わりご飯だ。

女将が下がった後、エビは美しく盛りつけられた朝食を眺めた。

「桔梗屋を疑うわけではありませんが、暗殺者が次から次へと現れる異常事態です。料理に毒物が混入されているかもしれません。確認させてください」

エビが毒見をしようとすると、カーミルに止められた。

「我が妻がすることではない」

カーミルの言葉に続き、傍らに控えていたイルファーンが口を開いた。

「お毒見はすでにしております」

王宮で毒殺はポピュラーな手段らしい。毒殺に対する防御はきちんと行われていたようだ。

「よかった」

エビが安堵の息を吐くと、イルファーンは優しく微笑んだ。

「すでに毒見済みですので安心してお召し上がりください」

エビはカーミルとともに新鮮な野菜をふんだんに使った朝食を食べた。甲府《こうふ》の地鶏《じどり》が産んだ卵も美味《おい》しい。

カーミルは何事もなかったかのように平然と平らげた。食欲が失せることは滅多にないそうだ。食後、アラビアのコーヒーが飲みたいと言うので、ナスリーが隣室のテーブルで用意をする。見慣れないカップにコーヒーが注がれた。

「殿下、お待たせいたしました」

ナスリーが無骨な手でカーミルにコーヒーを差しだす。エビは躊躇《ためら》ったが、直感で口を挟んだ。

「ナスリー様を疑うわけではありませんが、何を仕掛けられているかわかりません。俺に毒見をさせてください」

エビがカーミルの手を遮ると、ナスリーは堂々とした態度で言った。

「疚《やま》しいことは何もない」

自尊心を傷つけてしまったらしく、ナスリーに凄《すさ》まじい目つきで睨《にら》まれたが、エビは慌てて手と首を振った。

「それはわかっています。ナスリー様がどれだけ忠義の方か、殿下からよく伺っています。でも、ナスリー様の与《あずか》り知《し》らぬところで、そのコーヒー豆に毒が仕込まれていたらどうしますか？　器に塗られていた可能性もないとは言えないでしょう？　俺もナスリー様と同じように殿下が大切なので心配なのです」

カーミルをひたすら慕う者の気持ちだと理解したらしく、ナスリーは凛《りん》とした口調で言った。

「殿下の第一夫人になられる方が毒見などするでない。俺がする」

「そうですか」

「お毒見つかまつる」

ナスリーがコーヒーを飲んだ瞬間、苦しそうに呻《うめ》いた。

「……うっ……ぐっ……」

エビの予想通り、毒物が混入されていたのだ。

カーミルがアラビア語で何か叫び、イルファーンが真っ青な顔でナスリーのそばに近寄る。苦しそうなナスリーは自分で毒物を吐きだそうとしていた。

「救急車を呼べっ」

エビは大声で怒鳴りながら、備え付けの冷蔵庫からペットボトルのミネラルウォーターを何本も出した。まだナスリーの命は切れていない。毒物を吐かせたら助かるかもしれない。

「イルファーン様、どいてくださいっ」

エビはナスリーにミネラルウォーターを飲ませてから、強引に喉《のど》に手を突っ込んで吐かせた。これくらいの水の量では駄目だ。

「水、水だっ」

エビは寝室の奥にある洗面所にナスリーを連れていき、水道水を思い切り飲ませる。

「うっ……」

ナスリーは苦しんでいたが、エビのしていることがわかるらしく、素直に水を飲んで吐いている。

どれくらい時間がたっただろうか、エビもびしょ濡れになった頃、イルファーンが声をかけてきた。

「ナスリーは毒物に耐性がありますから大丈夫ですよ」

日々、ナスリーは毒を飲んで耐性を作っている。そうでなければ、コーヒーを口にした瞬間、命が途切れていたかもしれない。

「殿下も毒殺の危険に晒《さら》されてきたんでしょう？　殿下も毒に耐性があるんじゃないですか？　その殿下を狙ったのならば強力な毒物が使われていると思いますよ」

エビが目を吊り上げて言うと、イルファーンは言葉に詰まった。カーミルも毒物に耐性があるようだ。ただ、カーミルよりナスリーのほうが耐性は強いらしい。

「日本の医者を呼ぼう」

カーミルが大切な乳兄弟《ちきょうだい》のために医者を呼ぼうとした。しかし、ナスリーが弱々しい声で拒否した。

「……殿下、無用……にございま……す……国の恥に……」

エビは忠義一筋のナスリーに水を飲ませて黙らせた。

「そんなことを言っている場合じゃないだろうっ」

「だ、第一……夫人……」

「おら、黙って水を飲めっ」

昼を過ぎても、洗面所に茜色の夕陽が射し込んできても、エビはナスリーに水を飲ませて、吐かせ続けた。

やっと安心できたのは、夜空に月が浮かんでからだ。ナスリーが頑《がん》として医者を拒むので、とうとう救急車は呼ばなかった。ナスリーの頑固っぷりは相当だ。

ぐったりとしたナスリーを布団に横たわらせて、エビはようやく一息つく。傍らには乳兄弟の無事を確認したカーミルがいた。ほっとしたようだ。

「殿下、一歩間違えれば殿下が毒殺されていたんですよ」

毒物が混入されたコーヒーをカーミルが口にしていたら、どうなっていたかわからない。エビは生きた心地がしないが、カーミルはいっさい動じなかった。

「少し休め」

カーミルに優しく肩を抱かれたが、エビは休む気にはならない。

「殿下、桔梗屋にいるカラダリ人の身辺を調べましょう。リストをください」

「部下を疑いたくない」

カーミルを殴り飛ばしたくなったが、エビはぐっと堪《こら》えた。

「どう考えても、疑わしいでしょう？　……で、何人、連れてきたんですか？」

「知らぬ」

カーミルでは埒《らち》が明かないので、傍らに控えているイルファーンに尋ねた。

「同行しているカラダリ人の身元は確かですか？」

「我が知る限り、不審人物はいませんが、何かを見落としている可能性は否定できませぬ」

イルファーンは言葉を選んでいるようだが、エビはストレートに尋ねた。

「金に困っている奴、もしくは金回りがよくなった奴、心当たりはありませんか？」

「……調べさせましょう」

伏し目がちにイルファーンが言うと、終始無言で聞いていた護衛の責任者のハマドが頷いた。

どうにも当てにならない。何かおかしい。エビはカーミルの側近や護衛たちが信じられず、トイレに入ると、携帯電話を取り出した。カーミルに同行したカラダリ人を調べさせたい。

携帯の電源を入れると、留守番メッセージが吹き込まれていた。

『エビ、さっさと仕事を終わらせろ。お前らしくもない、何をやっているんだ』

淡々としたサメの声を聞いた瞬間、エビは現実に引き戻された。サメの言う通り、自分は何をやっているのだろう。自分の仕事はカーミルを守ることではない。三階にある日本画を交換することだ。

今夜、タイを忍び込ませて決行すればいい。そうして、上手い理由をつけて姿を消せばいい。自分に夢中になっているカーミルを傷つけないため、それこそ、エビは事故死に見せかけてもいい。

だが、今、ここで自分がいなくなったら、誰がカーミルを守るのだろう。イルファーンにしろナスリーにしろ護衛の責任者にしろ、誰もが神頼みで危機感がなさすぎる。彼らは本気でカーミルを守る気があるのだろうか。

東京で焦れている清和を思うと平静ではいられないが、純粋で真《ま》っ直《す》ぐなカーミルを殺したくなかった。

どんなに思い悩んでも結果は出ない。エビはなんの連絡も入れずにトイレから出ると、中年の護衛官に一言断って、一階にある大浴場に向かった。

脱衣場に異変はない。岩の露天風呂《ろてんぶろ》に浸かると、青々とした草の茂みの間に人の気配がした。睨んだ通り、焦れたサメから指示が下されたようだ。

エビは人の気配を感じた草の茂みに近づいた。

「エビ、いったい何をやってんだ？」

草の茂みからタイのくぐもった声が聞こえてくる。

「カラダリはわけがわからない」

エビが嘘偽《うそいつわ》りない本心を吐露すると、草の茂みから怒気を感じた。

「わけなんかわからなくてもいいんだ。絵さえ取り換えればいいんだ。どこにある？」

すでに目星はつけていた。昨夜、身体を重ねている時、さりげなくカーミルに確認もしている。日本で買い求めた物品はすべて三階にある大宴会場の『由布姫《ゆうひめ》の間』に収められていた。

エビの前に眞鍋の昇《のぼ》り龍《りゅう》と砂漠のプリンスの顔が交互に浮かぶ。二人を天秤《てんびん》にかけたわけではないが、圧倒的に危険度が高いカーミルを選んでしまった。あの杜撰《ずさん》な危機管理で、今まで無事にいたほうが奇跡だ。

「断言できない」

今、カーミルのそばを離れることはできない。エビは湯面を弾きながら嘘を吐《つ》くと、タイは吐き捨てるように言った。

「寝技まで使って何をしているんだ？」

カーミルとどのような関係にあるのか、すでに知られているようだ。もっとも、桔梗屋に忍び込めばすぐにわかるだろう。カーミルや側近たちは呆れるぐらいオープンなのだから。

「あまりにもデカイんで死ぬかと思った」

エビがつらそうに溜《た》め息《いき》をつくと、草の茂みの向こう側にいるタイは息を呑《の》んだ。

「……そんなこと、聞いてねぇよ」

生理的嫌悪《せいりてきけんお》に顔を歪《ゆが》ませるタイがありありと目に浮かび、エビはふっ、と鼻で笑った。

「お前もカラダリ人に見つかったら、ヤられるかもしれないから気をつけろよ。カラダリ人にすれば日本人は可愛《かわい》いらしい」

カラダリ人の目には中年の料理長も支配人も少年に見えるらしい。彼らの実年齢を聞いて、カーミルやイルファーンは声を失っていた。

「おい……」

エビは怯んだタイに畳みかけるように指示を出した。

「タイ、大至急、坊やの側近のナスリーとイルファーン、護衛の責任者のハマドの身辺を洗ってくれ。特にハマド」

カーミルは心の底から信頼できる者として、父親に次いでイルファーン、ナスリー、ハマドと迷わず挙げた。三人とも国王が認めたカーミルの側近である。

護衛の責任者であるハマドはカーミルが生まれる前、王妃の胎内にいた頃から護衛官として付き従っていたそうだ。ハマドの息子も護衛官として来日に随行している。だが、エビはハマドの態度が腑《ふ》に落ちない。いくらカーミルの意のままに動く男とはいえ不自然だ。

「絵に関係あるのか？」

「ある」

甘い声で大嘘をついたエビに思うところがあったのか、タイは声のトーンを一段と低くして言った。

「俺は三階の『由布姫の間』か四階の『三条夫人《さんじょうふじん》の間』だと思うんだけど？」

さすがというか、当然というか、タイもターゲットの在《あ》り処《か》を絞っている。エビは湯で顔を洗うと、サラリと躱した。

「俺に訊《き》かないでくれ」

「お前に訊かずに誰に訊くんだ」

タイが忌々《いまいま》しそうに舌打ちをした時、脱衣場の扉がゆっくりと開き、雄々しいカーミルが現れた。一糸纏《いっしまと》わぬ姿はどこか神々《こうごう》しくすらある。

タイは瞬時に気配を隠した。

「我が妻よ、我に断りもなく離れるな」

カーミルは憮然とした面持ちで文句を言った。いつでもエビを目の届く場所においておきたいらしい。

「殿下、露天風呂はどこからライフルで狙われるかわかりませんよ」

エビは無防備なカーミルに唖然《あぜん》としたが、当の本人はのんびりしたものだ。悠々とした動作で湯に浸かり、エビのほっそりした身体を抱き寄せる。

「そなたは神経質だな。王宮の生活に慣れるまでつらいかもしれぬ」

カーミルは夫婦としての将来を語ったが、エビは笑うに笑えない。それでも、ふわりと微笑んだ。

「殿下がいらしたら耐えられるでしょう。ですから、もう少し危機感を持ってください。日本の警察を利用して本国に働きかける手もありますよ」

悠長に温泉に浸かっている場合ではない。いつ、どこから、凶器を持った暗殺者が飛び込んでくるかわからないのだ。エビは温泉に入ったばかりのカーミルの手を引いて立ち上がらせた。彼はされるがままだ。

「……母上だ、いつかわかってくださる」

なんだかんだ言いつつも、カーミルは母を思う息子だ。カーミルには同母の姉が三人いる。カーミルの母親はなかなか男子に恵まれず、さんざん苦労したらしい。ようやくカーミルが生まれた時、涙を流して喜んだそうだ。

カーミルが生まれる前、第二夫人や第三夫人は男子を妊娠したが、流産してしまったという。エビはカーミルの母親や実家が裏で手を回して、流産をさせたのではないかと踏んでいる。当たらずとも遠くないはずだ。

「俺はとうとうオフクロとはわかりあえませんでした。どうしたって、合わない者同士はいるんですよ」

エビはカーミルの手を引くと、脱衣場に入った。注意深く辺りを見回した後、洗面所の下の扉を開けて不審人物がいないか確かめる。ダストボックスの中身も調べてから、バスタオルで濡れたカーミルの身体を拭《ふ》いた。

「来日前、我が出資している石油会社の社長に母の従弟《いとこ》を就任させろと頼まれた。我は母の願いを無視した」

カーミルの口ぶりから王妃の従弟がどのような男であるかわかった。おそらく、王族という以外、なんの能力もない男なのだろう。

「王妃様の腸《はらわた》は煮えくり返っていると思います」

エビには王妃の気持ちが手に取るようにわかった。カーミルは王妃の面子《メンツ》を潰《つぶ》したも同然だ。男尊女卑が根強い国だが、支配一族出身の王妃ともなればべつだろう。実家の隆盛がかかっているのでなおさらだ。

「賄賂《わいろ》が横行する警察内部を変えたい。母の弟の警察長官の再任に反対した」

叔父の再任を阻《はば》む甥《おい》がいるか、とエビは喉まで出かかったがやめた。カーミルは警察内部に横行する賄賂に誰よりも心を痛めているのだ。どんな罪を犯しても、最終的に賄賂で片づいてしまう場合がある。カーミルの叔父が原因だとは言わないが、賄賂に対する考えが甘いのだろう。結果、カーミルに無能の烙印《らくいん》を押された。

「王妃様は烈火の如く怒ったでしょう」

「父は我の意見に耳を傾けてくださった」

カーミルの口ぶりから、国王も賄賂の横行には頭を悩ませているようだ。けれども、王妃の弟の再任を阻むことはできない。

「国王陛下でも王妃様の一族は無視できないと思いますよ」

「我の気持ちは生涯、母に通じぬか?」

カーミルが自嘲《じちょう》気味《ぎみ》に尋ねてきたので、エビは切なくなってしまった。

「殿下、すべてを持っている人間なんてこの世にはいません。殿下は生まれながらに地位も名誉も財産も才能も容姿も、ありとあらゆるものを持って生まれました。だから、王妃様の心が得られないのですよ」

「母上の心は弟のものか」

言いようのない孤独と無条件で愛されている弟王子への羨望《せんぼう》を感じた。こんな寂しそうなカーミルを見ていられない。

「俺と気持ちが通じ合ったのだから、もう王妃様のことはいいじゃないですか。諦《あきら》めてください」

エビはカーミルの首に白い腕を絡ませて背伸びをした。長身のカーミルの唇に慰めるようにキスをする。

「……そなた」

カーミルは小柄なエビを熱い目で見下ろす。

エビの身体には花弁のようなキスマークが、いたるところに散らばっていた。肌が白いのでとても目立つ。カーミルは嬉々《きき》としてエビの白い肌に所有の証《あかし》をつけた。

「俺は王妃様のことで悲しむ殿下がおいたわしくてなりません」

エビは息子としてのカーミルに同情していた。いや、純粋な同情ではなく複雑な思いが絡み合っているかもしれないが、どちらにせよ、カーミルが不憫《ふびん》でならなかった。カーミルには王者らしく突き進んでほしいと思う。

「……そなたがいるからよいとしよう」

カーミルは熱に侵されたような目でエビを見る。

「はい、もう王妃様は諦めてください」

エビは母親とお互いに憎み合ったわけではない。しかし、お互いに相容《あいい》れなかった。いろいろな意味で母親を諦めた時、エビは楽になった。

「そうだな」

エビはカーミルの顎先《あごさき》にもキスをした後、ゆっくりとした動作でその場に四《よ》つん這《ば》いになった。寂しい男を楽しませてやりたい。すべて忘れさせてやりたくなったのだ。こんな気持ちは初めてで、エビ自身、困惑しているが身体は止まらなかった。

「殿下、来て」

エビは白い臀部《でんぶ》をカーミルに向けていやらしく突きだす。

「…………」

若いカーミルはエビのあられもない姿に固まった。

「可愛がってください」

エビが己の白い指で濡れそぼった秘孔を開くと、カーミルは野獣のような声を漏らした。淫らな誘惑に理性を飛ばしたようだ。

「殿下？　可愛がってくださらないのですか？」

「可愛がってやる」

「光栄です」

エビはカーミルを楽しませるために腰をくねらせた。自分の口から出たと思えないほど甘い吐息が脱衣場に響く。

エビは若いカーミルに身体を与え続けた。少しでもカーミルの気が紛れるように。

脱衣場でカーミルに頂点を二度、迎えさせた後、特別室に戻った。身体に火がついたのか、カーミルは耐えられなくなったらしい。そのまま引き続いて、エビは布団に沈められた。カーミルを煽ったのはエビなので拒んだりはしない。

初めての夜、カーミルには参った。ぎこちない動作なんていう表現は生ぬるいし、下手という形容も甘すぎる。さしあたって、外見からは想像できないほど下手だった。

ちょっとマシになったな、とエビはカーミルについて単純に思う。それでも、目が血走ったカーミルの取り扱いは至難の業《わざ》だ。一歩間違えばエビの身体が壊れてしまうので注意しなければならない。

「殿下、逃げませんからそんなに……」

一つに繋《つな》げていた身体を二つにしても、カーミルはエビの身体を放さない。息もできないほど強く抱き締められる。

「離さぬ」

「はい、離れませんからもうちょっと力を緩めてください」

エビは固い筋肉に覆われたカーミルの腕を宥めるように優しく摩《さす》った。それなのに、力を緩めてくれない。

「いやだ」

「なぜ？」

エビの気持ちを察しているとは思わないが、カーミルは別離に怯《おび》えているようだ。魔法のランプを持っている男とは思えない。

「時に神は我に試練を与えたまう」

悲しさも苦しさも切なさも神の試練だと考えるカーミルの脳内が不思議だ。一度、覗《のぞ》いてみたい。

「……俺はなんと言えばいいのかわかりません」

「恋をすると人は弱くなるものだな」

カーミルは自嘲気味に口元を緩めると、エビの首筋に顔を埋めた。

「そうですか？」

「今まではいつ命を落としてもいいと思っていた。そなたを得た今、そなたをおいて逝くのがいやだ」

カーミルは静かな口調で本心を明かした。皇太子としてではなく、若い男としての素直な気持ちだろう。

「殿下が俺をおいて逝ったら、殿下を追いかけます……なんて言いません。殿下よりいい男を見つけて幸せになります」

エビがあだっぽく笑むと、カーミルはこの世の終わりのような顔をした。

「そなた……」

雨の中、捨てられた子犬のような風情が漂っているので、エビはたまらなくなってしまった。可愛い。だが、可愛いだけの男ではない。常時、命を狙われている皇太子だ。

「殿下、贅沢はさせてあげられませんがメシはちゃんと食わせます。俺と一緒に1LDKのマンションで暮らしませんか？」

自分でもわからないが、エビは無意識のうちにカーミルへの想いを吐露していた。王族が住む部屋ではないが、雨露は充分凌《しの》げる。男二人で暮らすならばちょうどいいかもしれない。

「……そなた？」

カーミルは理解できないのか、目を大きく見開いている。

「メイドもシェフも護衛官もいませんし、自家用ジェット機もクルーザーもありませんが、暗殺や毒殺の危険はありません。殿下は俺が守ります。一度、ヒモになってみるのもいいかもしれませんよ」

一度口にしてしまうと、次から次へと想いが溢《あふ》れてきた。贅沢に慣れきったプリンスを養えるとは思えないが、暗殺されるのを黙って見ているよりはいい。後でどうなるか、エビは目先のことしか考えていなかった。

「ヒモ？」

エビはカーミルにヒモの説明をする自信がないので流す。言葉を飾らず、ストレートに想いを告げた。

「このままだと必ず殿下は暗殺されます。俺と一緒に日本で暮らしませんか」

眞鍋組の清和もサメも舎弟のプライベートにはいっさい口を出さない。マンションにカーミルを住まわせても何も言わないはずだ。

「我に王家から離れよ、と申しておるのか」

カーミルの声は掠《かす》れ、指先が少し震えていた。

「王家は殿下にとって幸せな場所に見えない。母親に子供殺しの罪を犯させたくはないでしょう」

「そなた……母の手の者か？」

一瞬、カーミルが何を言っているのか理解できず、エビは惚《ほう》けた顔で訊き返した。

「は？」

「母は我に自ら王家を離脱するように仕向けたのか？」

カーミルは怨讐《おんしゅう》が込められた目でエビを見つめた。

一瞬、冷たい沈黙が流れる。

沈黙を破ったのは、カーミルの言葉を理解したエビだ。

「何を言っているんですか」

エビは血相を変えたが、カーミルは絶望に打ちひしがれている。

「そなたの色気に迷った我が愚かなり」

我を信じさせようとしてあのようなことをしたのか、とカーミルの暗い目はエビを非難している。

「俺が王妃様に雇われた男だったら、とっくの昔にブッ殺している。殿下の命なんて簡単に奪えますからね」

無性に腹が立って、エビは咄嗟《とっさ》に摑んだ枕でカーミルの顔面を叩いた。

「……そなた」

カーミルは呆然とした面持ちで固まっている。顔面に振りかかる枕をよけようともしない。

エビはカーミルの顔を見たくなくて、枕を押しつけたまま凄んだ。

「人がどんな気持ちで……」

エビはそこまで言った後、苦笑を漏らした。王位を継ぐ者として生まれ育ってきたのだから、たとえ命を奪われようとも、その責任を放棄することはできないだろう。自分が愚かだったと悔やむ。そもそも住んでいる世界が違う男に何を言ったのだ。深入りしすぎた。自分自身を見失っていたし、周りも見えていなかった。

「……俺が馬鹿《ばか》でした。すみません、忘れてください」

エビはカーミルの顔から枕を外すと、深々と頭を下げた。

「明日、女将さんに挨拶をしてから、下がらせていただきます。殿下のご健勝とますますのご発展をお祈り申し上げています」

カーミルは魂が抜けた人形のように硬直していた。しかし、浴衣を手早い動作で身につけたエビが寝室から出ようとすると、ぎこちない動きで長い手を伸ばした。

「待て」

「これまでの数々のご無礼、お許しください」

エビは一度も振り返らずにカーミルを残して寝室から出る。ソファとテーブルがある居間を通り抜け、五十畳の和室から廊下に出た。

「殿下は？」

扉の前の椅子にイルファーンが座っていた。

「よくおやすみです」

「第一夫人、どちらに？」

イルファーンが怪訝《けげん》な顔で尋ねてきたが、エビは視線を外したまま答えた。

「失礼します」

エビは廊下に並んでいた警備の責任者のハマドや若い護衛官に会釈をして通り過ぎ、エレベーターで一階に下りる。

非常口から裏庭に出て、大木の陰でタイにメールで指示を送った。

今夜、日本画を交換し、明日には桔梗屋から出ていく。後悔と寂寥《せきりょう》感がどっと押し寄せてくるが、エビは首を振って思い切った。山の夜風が白い頰を撫でる。

「第一夫人、ソコか」

追いかけてきたのか、たどたどしい日本語でハマドが声をかけてきた。そばにはハマドの息子である若い護衛官もいる。

「第一夫人はやめてください」

虚しい呼び名に、エビは色素の薄い目を曇らせた。

「殿下がお呼びデス」

もう二度とカーミルと会うことはない。明日、カーミルには挨拶もせずに出ていくつもりだ。

「別れの挨拶はすませました」

「夫婦喧嘩《ふうふげんか》デスカ?」

「夫婦になってもいませんよ」

ふっ、とエビが鼻で笑った時、背後に回っていた若い護衛官に麻酔薬を嗅《か》がされてしまう。目の前では鬚《ひげ》を生やしたハマドが陰惨な目で佇《たたず》んでいる。

しまった、やっぱりこいつだったのか……と、薄れていく意識の中、エビはひたすら後悔した。

こんなミスは初めてだった。

7

気づいた時、エビは窓のない部屋の床に転がっていた。後ろ手に縛られて、身動きが取れない。地下室なのか窓はなく、ひんやりとした空気が辺りに漂っている。簡素なテーブルと椅子《いす》があるだけで、コンクリートが剝き出しの壁にはヒビが入っていた。天井の一部から水が漏れている。

見張り役らしいが、ハマドの息子である若い護衛官がエビの顔を覗《のぞ》き込《こ》んだ。アラビア語で話しかけてくるが、何を言っているのか理解できない。エビは英語で話すように求めた。

「Speak, English」

若い護衛官はエビの英語での問いかけに答えない。いやらしい笑みを浮かべると、エビが身に着けていた浴衣《ゆかた》の帯を乱暴な手つきで外した。

「何をするんだっ」

エビが目を吊《つ》り上《あ》げて怒鳴っても、若い護衛官を止められない。下肢にべったりとついたキスマークを見つけると、興奮して鼻息を荒くする。

「やめろっ」

若い護衛官の目的がなんであるか気づいたが、受け入れる気は毛頭ない。いや、この場合、エビに選択権はないようだ。

野獣《おお》のような咆哮《ほうこう》を上げ、屈強な護衛官がエビの下半身に顔を埋《うず》める。すでに下着は摺《ず》り下ろされ、右の膝《ひざ》でひっかかっていた。

「ちょっと待てっ」

エビは思うがままにならない身体《からだ》を震わせたが、若い護衛官の手と唇は際《きわ》どいところを這《は》い回《まわ》る。こんな男に身体を自由にされたくはない。エビは若い護衛官の耳に思い切り歯を立てた。苦しそうな呻《うめ》き声《ごえ》があがるが、許してはやらない。若い護衛官の耳を食《く》い千切《ちぎ》る勢いで嚙《か》み締《し》める。

口腔内《こうこうない》に生々しい血の味が広がった時、ドアが鈍い音を立てて開いた。警備の責任者であるハマドがライフルを手に入ってくる。その背後には目つきの鋭い護衛官たちが何人も続いた。

ハマドがアラビア語で叫んでいるが、エビはのたうち回っている若い護衛官の耳を離さない。いくつものライフルの焦点がエビに合わせられた瞬間、凜《りん》とした声が辺りに響き渡った。

「我が妻よ、迎えに参った」

聞き覚えある声に顔を上げると、護衛官たちから銃口を向けられたカーミルがいた。

なんでこんなところにいるんだ、とエビは若い護衛官の耳を噛んだままカーミルを凝視した。

「我が妻よ、これより交渉に入るからその男を放せ」

カーミルが王者の態度でハマドに視線を流した。ハマドには王妃の息がかかっていたのだ。

「第一夫人、愚息のご無礼をお許しアレ」

下手なことをしたらお前の息子の耳を噛み切ってやる、というエビの気迫が通じたのか、ハマドは大きな溜《た》め息《いき》をついた。

「可愛《かわい》い顔をシテルのに……殿下、交渉に入りましょう。コチラの要望を呑《の》んでくだされば第一夫人は解放します。神に誓い、決して手は出シマセン」

俺が人質かよ、とエビは愕然《がくぜん》とした。

「よかろう、希望を申せ」

カーミルが軽く頷《うなず》くと、ハマドは雇い主の要望を述べた。

「まず、王妃様の弟君である警察長官への無礼を詫《わ》びてクダサイ。こちらが作成した文書にサインをするだけで結構デス」

薄汚れたテーブルにはカーミルにとって死ぬほど屈辱的な文書が載せられた。

「よかろう」

予《あらかじ》め、要求がわかっていたのか、カーミルはいっさい動じない。カーミルは椅子に腰をかけると、文書にサインをした。エビのために、高潔な皇太子は自分の誇りを捨てたのだ。馬鹿野郎《ばかやろう》、とエビは叫びたいが叫べなかった。

「王妃様の従弟殿《いとこどの》を殿下が出資シタ石油会社の社長にしてください。文書にサインをするだけで結構デス」

二つ目の要求にもカーミルは平然とした様子で臨《のぞ》んだ。

「よかろう」

無表情でペンを走らせるカーミルからは、なんの感情も読み取れない。長年、仕《つか》えているハマドにもわからないようだ。従順なカーミルに警戒している。

ハマドが拙《つたな》い日本語で会話しているのは、周囲にいる護衛官たちに内容を悟られないためだと察した。金で買収した護衛官たちを信頼していないのだろう。

「皇太子の地位を退いてください」

ハマドは神妙な面持ちで言ったが、カーミルは顔色一つ変えなかった。

「よかろう」

要求をすべて呑み、サインをしたカーミルに、ハマドは驚いていた。

「人は変わるものデスネ。どんな美女にも心を動かさなかった殿下が、日本の男のためにすべてを捨てるのデスカ」

カーミルは抑揚のない声で応《こた》えた。

「我が妻の命には代えられぬ」

「女だったらいいノニ」

ハマドは至極まっとうなことを口にしたが、カーミルはうるさそうに一蹴《いっしゅう》した。

「どうでもいい」

坊や、そんなサインをしたら終わりだぞ、俺もお前もまとめて殺されるぞ、それが一番安全で手っ取り早いんだからな、と次なるハマドの行動がわかっていたエビは焦った。若い護衛官の耳に歯を立てつつ、後ろ手に縛られているロープを密かに緩める。これくらいできなければ、サメが率いる諜報部隊《ちょうほうぶたい》ではやっていけない。

ハマドの後ろには鬚《ひげ》を生やした護衛官が何人も並んでいる。その中の一人が眩《まぶ》しそうに瞬《まばた》きを繰り返した。どこからどう見てもカラダリ人男性にしか見えないが、彼は間違いなくサメだ。己の立場を逸脱したエビに焦《じ》れて、自ら乗り込んできたのだろう。エビは冷静に地下室にいる警備員を数えた。サメがいれば、勝算はある。

「日本人の男がそんなによかったデスカ?」

ハマドは下卑た笑みを浮かべたが、カーミルは取り合わなかった。

「ハマド、早く我の妻を解放せよ」

「かしこまりマシタ」

ハマドは大きく頷くと、銃口をカーミルに向けた。地下室にいる護衛官たちもいっせいにカーミルを狙《ねら》う。

「殿下、落ち着いてイマスネ」

ハマドは感心しているが、カーミルはいくつもの銃口を突きつけられても動じなかった。

「そなたの娘婿が母の弟に仕えるようになったことは知っておる。母に靡《なび》いても仕方あるまい」

カーミルに王妃を選んだハマドに対する怒りはない。事実として淡々と受け止めている。幼い頃から裏切りや姦計《かんけい》を熟知しているからかもしれない。

「我の主は殿下と決めていたのですが、神の思し召しにより、王妃様が主にナリマシタ」

ハマドはすべて神で押し通す。どこまで本気か、エビには理解できない。

「我をたばかるような男だと思いたくなかったが、神のもとで行われた交渉に及んでもたばかるのか」

「すべて神の思し召しです」

「我が妻は解放せよ」

カーミルは命乞《いのちご》いの言葉はいっさい口にしない。望むものは唯一つだ。

「確かに承りました」

今のハマドに誠意はまったく感じられない。カーミルは冷たい微笑を浮かべると、意味深な言葉を呟《つぶや》くように言った。

「そうでないと恥をかくのはお前ぞ」

「……殿下？」

今だ、とエビは口を開くと、耳から血をだらだら流している若い護衛官をハマドに向けて投げつけた。カラダリの護衛官に扮装《ふんそう》していたサメもライフルを発射する。電灯も撃ち抜いて、部屋の明かりを消した。

エビはカーミルの手を引き、ドアの向こう側に出る。続いて逃げようとした護衛官を蹴《け》り飛《と》ばし、銃を奪うと、地下室で奮闘しているサメの援護をした。

銃撃戦はすぐに終わる。

エビとサメの圧倒的な勝利だ。

ハマドの遺体は息子と重なるようにして床に転がっていた。カーミルに命を捧《ささ》げたと高らかに宣言した若い護衛官も血の海に事切れている。サメは無言で遺体の確認をしていた。エビは虚しくてたまらない。弾が切れた銃を持って佇《たたず》んでいると、後ろからカーミルの腕が回った。

「我が妻よ、恐ろしい目に遭わせてすまなかった」

抱き締めようとするカーミルから、エビはわずらわしそうに逃れた。

「殿下、妻じゃありません」

「疑って悪かった」

殊勝な態度で詫びてくるが、エビにはもう貞淑な妻を装う必要はない。すでにサメは日本画を交換しているはずだ。ここで笑って綺麗《きれい》に別れる。

「殿下、お元気で」

エビが別れの挨拶《あいさつ》をして立ち去ろうとすると、カーミルは慌てて追いかけてきた。

「待て、妻が夫をおいていくとは何事か」

「俺を追いかけてる場合じゃないでしょう？　あのサイン した書類を処分しないと悪用されるかもしれませんよ」

清和《せいわ》も眞鍋《まなべ》組も非道はしないが、金になると思えば食らいつく。眞鍋組は莫大《ばくだい》な富を持つカーミルを利用しようとするかもしれない。

「どこに出てもかまわぬ」

カーミルが平然としているので、エビは声を張り上げた。

「あれを公表されたら困るでしょうっ」

「ハマドは愚かなり、サインに細工をしたのに気づいていない」

カーミルは軽い微笑を浮かべたが、エビは理解できなくて訊《き》き返《かえ》した。

「……え？　サインの細工？」

「あれを公表したら、公表した者が恥をかくだけだ。見る者が見たらすぐにわかる」

神の下で行われた交渉と言いつつ、カーミルも狡猾《こうかつ》な手を使ったようだ。いや、皇太子として生まれた者の嗜《たしな》みかもしれない。

「そんな知恵が回るなら、どうしてこんなところに来るんですか」

「妻を奪われたら取り返すのは夫の務めだ」

あの時、エビを傷つけてしまったと気づいて、カーミルは追いかけたらしい。だが、イルファーンには阻《はば》まれたそうだ。

『殿下、そのような姿でどこに行かれますか』

カーミルは生まれたままの姿で寝室から飛びだした。イルファーンが呆《あき》れるのも無理はない。

『妻を怒らせてしまった』

『お連れ申しますからお待ちください』

イルファーンは廊下で控えていたハマドに、エビの捕獲の指示を下したらしい。ハマドは庭でエビを捕まえたが、待ち侘《まわ》びているカーミルのもとに連れていかなかった。密命を実行したのだ。

「ここはいったいどこですか？」

エビが周囲を窺《うかが》いながら尋ねると、カーミルはあっけらかんと答えた。

「わからぬ」

コンクリートが剝き出しの壁には幾筋ものヒビが入り、鉄筋が見えているところもあった。黒ずんだ廊下には埃《ほこり》が溜まり、端《はし》にある消火器には大きな蜘蛛《くも》の巣《す》がある。辺りはすえた臭いが漂っていた。老朽化の進んだ建物の地下だということはわかっている。

「どうやってここまで来たのですか?」

「そなたをどれだけ待っても来ぬ。そうしたら、ハマドの使者がやってきたのだ。そなたを預かっていると……」

カーミルの前でうやうやしく一礼したハマドの使者は、地下室で倒れているエビの写真を見せたという。

第一夫人の命が惜しければ来い、という脅迫を受けたそうだ。カーミルはイルファーンに止められたにもかかわらず、ハマドの使者が用意した車に乗り込んだらしい。

目隠しをされて一時間ぐらい車に揺られていたという。車から降りると、地下の駐車場にハマドがおり、すぐに交渉に入ろうとした。

『妻の無事を確認してからだ』

カーミルは駐車場での交渉を拒んだ。そして、エビが捕まえられている地下室に連れてこられた。

「桔梗屋《ききょうや》から一時間か」

　エビは地下室から出てきたサメに視線を流した。

「同じ道をぐるぐる回っていた。ここは湯村《ゆむら》からそんなに離れていないよ」

　どうやってこの場に潜り込んだのか、サメに問いたいが、今はそんな場合ではない。

「殿下を送ってください」

　エビはサメにカーミルを託して立ち去ろうとした。言うまでもなく、カーミルはエビの腕を摑《つか》んで放さない。

「殿下、ここでお別れです」

「許さぬ」

　あくまで高飛車《たかびしゃ》な態度だが、エビには母親に捨てられそうな小さな子供に見えた。心の底から信頼していたハマドに裏切られたカーミルを、すげなく切り捨てることができない。それでも、カーミルの気持ちは受け入れられない。生きている世界が違いすぎる。

「あ〜う〜、まだ、俺が普通のガイドじゃないって気づきませんか？　普通のガイドならライフルを見た時点で震え上がっていますよ」

　ただのガイドならば昇仙峡《しょうせんきょう》の暗殺も防げなかったかもしれない。第二、第三の暗殺者からもカーミルを守れなかっただろう。エビは今さらながらに自分の失態を実感する。素性を疑われなかったのが不思議だ。

「サムライの子孫ゆえ強いのであろう」

カーミルは滑稽《こっけい》なくらい真顔で言った。彼なりに理由をつけているようだ。

「……俺は王妃様とやらは知りません」

エビ自身、母親とはわかりあえなかったが、殺意を持たれた覚えはなかった。息子を殺《あや》めようとする母親がどうしたって許せない。注がれて当然の無償の愛を得られないカーミルが哀れだ。

「わかっておる、少しでも疑った我を許してくれ」

カーミルの生い立ちを察するに、人間不信に陥《おちい》って当然だ。騙《だま》したくない、とエビは心の底から思った。

「大嘘《おおうそ》だらけの世界で生きている殿下に嘘はつきたくありません、正直に申します、俺はヤクザです」

エビは真《ま》っ直《す》ぐな目でカーミルを貫く。サメは何も言わず、無言で佇んでいた。

「ヤクザ？」

カーミルは理解できないらしく、目を大きく見開いた。

「俺は人を何人も殺しているヤクザです」

マフィアと極道を一緒にするな、と主張する眞鍋組の猛者《もさ》がいるが、一番わかりやすい言葉かもしれない。マフィアだとエビが言い直そうとした時、ぱっと顔を明るくしたカーミルが口を開いた。

「ああ、そなたは忍者だったのだな」

いったいどこからそのような考えが出てくるのか、エビはカーミルの脳内に潜り込んで調べたいが、逆立ちしたってできない。豆鉄砲を食らった鳩《はと》のように口を大きくポカンと開けた。サメもエビと同じような顔をして固まっている。百戦錬磨《ひゃくせんれんま》の凄腕でもカーミルには度肝を抜かれたらしい。

東洋の神秘ならぬ砂漠の神秘だ。

「日本の発展の裏には忍者がいると聞いている。忍者は滅亡したと聞いていたが生き残っていたのだな」

誰がそんな話をカーミルの耳に入れたのか、エビは問《と》い質《ただ》したいができない。口が大きく開いたまま動かないからだ。

何を考えているのかわからないのはカーミルだけではない。サメは自分を取り戻すと、やけに真面目《まじめ》な顔でカーミルに言った。

「さよう、拙者らは忍者でございます」

エビは映画に登場する忍者のようなポーズを取った。器用にも右足だけで立つ。

「そちが忍者の首領か」

カーミルは幻の珍獣を見る目でサメを眺めた。

「首領は東京におりまする」

サメはかしこまって答えたが、不夜城にいる清和は自分が忍者の首領になっているとは知らないだろう。エビはポカンと開いたまま塞《ふさ》がらない口に手を当てて動かした。そうでもしないと声が出ない。

「このたびの働き、ご苦労であった」

カーミルの労《ねぎら》いに、サメは頭を下げた。

「はっ、ありがたき幸せ」

「褒美をつかわす」

止めないといつまでも続きそうなので、エビはカーミルの頰《ほお》を叩《たた》きつつ、強引に話を元に戻した。

「殿下、忍者ごっこはそこまで、そこまでだ……俺はボスの命令で殿下に近寄ったんだよ。目的は殿下が日本で購入した日本画だ」

エビは言葉を飾らずに今までの経緯《いきさつ》を語った。名取《なとり》グループや名取画廊の名誉も必死になって守る。

サメは一言も口を挟まず、悠然としていた。カーミルに誠実に接しようとするエビの気持ちを理解してくれたのかもしれない。

「若いスタッフのほんのミスだ。許してやってくれ」

エビが庇《かば》わなくても、カーミルは寛大に受け入れる。

「どこにでもあることだ」

「名取画廊だけじゃなくて名取グループや名取会長の面子《メンツ》もかかっている。わかってやってくれ」

素性を明かしたエビの言葉遣いが乱暴でも、カーミルはまったく非難しない。それどころか、嬉《うれ》しそうだ。

「わかっている」

カーミルは優しく微笑《ほほえ》むと、エビの身体をぎゅっと抱き締めた。放してくれ、とエビは溜め息をつく。

「だから、別れる」

エビが察した通り、すでにサメは日本画を交換していた。これ以上、カーミルのそばにいる必要はない。

「なぜ?」

カーミルは理解できないらしく、鋭い双眸《そうぼう》をさらに鋭くさせた。そんな仕草が清和に似ている。

「俺がヤクザだから」

ヤクザを的確に把握している気配はないが、カーミルにとって、エビの素性はなんでもいいのだ。

「かまわぬ」

恐ろしいぐらい真摯《しんし》な目で愛を語るカーミルが切ない。エビは低く凄んだ。

「まだわからないのか？　俺はヤクザでお前には目的があったから近づいたんだ」

「出会いは関係ない、そなたは我を誰よりも強く愛したのだ、それでよいではないか」

幸せそうなカーミルに、エビは頬を引《ひ》き攣《つ》らせた。

「……な、何が強く愛したって」

カーミルを強く愛したという自覚がエビにはない。

「そなたが口にした『ヒモ』の意味を女将《おかみ》に問うた。女が男に対する最高の愛の言葉だと女将が教えてくれた」

エビは金魚のようにパクパク口を開けたが、終始無言で聞いていたサメは声を立てて笑った。

「こんな金のかかる男、ヒモにするには最低だぜ」

楽しそうに茶化すサメの気持ちはよくわかるが、今はその口を塞ぎたい。エビが般若《はんにゃ》のような顔でサメを黙らせると、カーミルは切々と言った。

「我が妻よ、そなたの深い愛は嬉しいが我はヒモにはなれぬ。我には神から与えられた使命があるのだ」

いた。

「ヒモの件は忘れてくれ」

あの時の俺は俺ではない、とエビは自分で自分に言い聞かせる。どこか感覚が麻痺《まひ》していたのだ。

「ヒモにはなれぬがそなたの最愛の夫にはなれる。そなたは我のもとで幸せな妻になればよい」

カーミルの前には自分とエビの幸せな夫婦像しかない。エビは白旗を掲げた。

「だ、駄目だ、こいつ……」

エビはサメの肩に手をやると、慰めるように叩いた。

「お頭、拙者の役目は終わりました。これにてごめん」

言うだけ言うと、エビは忍者のように白い煙とともに消えた。……か、どうか不明だが、廊下の端にあった消火器をぶちまけながら、猛スピードで廊下を走り、突き当たりにあった階段を上る。後ろでカーミルが何か叫んでいるが、一度も振り返らない。

どうやら、閉店した飲食店のようだ。薄汚れたカウンターに眞鍋組のイワシとマグロが腰をかけていた。

「迷惑をかけてすまない」

エビが沈痛な面持ちで詫びると、イワシやマグロは手を小刻みに振った。

「お疲れ、お前はよくやったよ」

イワシに優しく肩を叩かれたが、エビの気分は晴れない。

「いや、俺が悪かった」

今回は最初から最後まで調子が出なかった。すべてにおいて規格外のカーミルに引き摺られてしまったのかもしれないが、つまるところは自分の甘さだ。責任の所在を公言したが、誰一人としてエビを詰《なじ》らなかった。

「終わったことをくよくよするな。お前の悪い癖だぜ」

イワシが苦しそうな顔で、エビの欠点を指摘した。

「代行に詫びなければならない」

エビは眞鍋組の一員の立場を著しく逸脱したし、結局、名取グループのことも含めてすべて明かしてしまった。

「詫びの必要はない。戻るぜ」

「代行のところに寄ってくれ」

「だから、詫びなんて無用だ。疲れただろう？　車の中で寝ろよ」

深夜、外に停《と》めていたワゴンに乗り込み、そのまま東京に向かう。すでに甲府《こうふ》で拠点としていた一軒家は引き払っている。

日本画を無事に交換した今、甲府にいる必要はない。

8

車窓は長閑《のどか》な風景から都会の街並みに変わる。エビはイワシやマグロと別れて、自宅であるマンションに帰った。サメに呼びだされ、慌ただしく出ていった時のままだ。

相変わらず、トイレの水は詰まっている。帰る途中、二十四時間営業の量販店で購入したラバーカップを手に取った。

「トイレットペーパーだから二、三回カパカパやったら流れるはずだ……」

予想通り、トイレの詰まりはすぐに解消される。トイレの床を見ると、埃《ほこり》が溜《た》まっていたのでトイレットペーパーで拭《ふ》き取《と》った。次は詰まらせないように注意する。

気になると止まらなくなるのだ。エビは疲れているはずなのに、部屋の掃除を始めた。掃除をしなかった母親がフローリングの床に浮かんだ後、裸身を晒《さら》したカーミルの姿が唐突に現れる。

「せめて、服ぐらい着ろよ」

エビは虚ろな目でフローリングの床を見つめた。カーミルへの思いを振り払うように、手にしていたフローリング掃除用器具をぎゅっと握る。

思いつめるなよ、と帰《かえ》り際《ぎわ》、イワシに囁《ささや》かれてしまった。

何をどう思いつめるというのか、エビは不思議でならない。すべて仕事だったのだから。

エビは心身ともにボロボロになった過去を思い出した。あれはまだエビがネクタイを締めて満員電車に揺られていた頃のことだ。

大学を卒業した後、エビは第一希望ではなかったが、人が羨《うらや》むような優良企業に就職した。そして、全身全霊かけて仕事に打ち込んだ。上司にも見込まれ、同期の中でも出世頭だった。

エビが最高の成績を上げた時、産業スパイが社内に潜り込んでいるという噂《うわさ》が立った。

その時、産業スパイを見破ったのがエビだ。

産業スパイだったのがイワシである。サメの指示で動いていたS級の仕事だったらしい。もっとも、イワシを追い詰めることはせずに逃がしてやった。

当時、サメは興信所の所長であり、まだ眞鍋《まなべ》組の清和《せいわ》と盃《さかずき》を交わしていなかった。

それから、エビが異例の速さで課長に出世して半月もたたないうちに、とうとう大幅なリストラを敢行することになった。

エビに与えられた仕事は、上が指名した社員を退職させることだ。

今、思い出しても胸が悪くなり、動悸《どうき》も苦しくなる。

間違いなく、社員をリストラさせるための課長職だった。

リストラを言い渡すのは若くないとできない、という説がある。会社側は『お前は悪くない』と若い者に言い含めて、リストラをさせるのだ。

エビも上層部に『功刀《くぬぎ》課長は悪くない』と宥《なだ》められながら、社員の首を次から次へと切った。

社員にリストラを言い渡すのはつらいなんてものではない。妻子を抱えている社員や再就職が難しい社員は抵抗したが、会社が訴えられないように退職させることがエビの仕事だ。精神的な負担は凄《すさ》まじかった。

俺は悪くない、リストラしないと倒産する、倒産したら元も子もない、倒産したほうが被害が大きい、とエビは何度も自分に言い聞かせ、酒を浴びるように飲んだ。酒でも飲まないとやっていられなかったのだ。生活も荒《すさ》んだ。

リストラを告げた男性社員に逆恨みされて暴力を振るわれたこともある。

血尿が続いて三日目、エビがリストラを言い渡した中年社員が、電車に飛び込んで自殺した。家のローンが払えず、自己破産寸前だったという。一家心中した中年社員もいた。リストラされたと家族に打ち明けられず、苦しんでいたそうだ。

いったい何人の命を奪ってしまったのだろう。

心より先に身体《からだ》が悲鳴を上げ、とうとう社内で倒れた。最後のリストラは自分だった。縋《すが》るように母親に電話を入れたが、勝ち誇ったように言われたのだ。罰が当たったのだ、と。

　すべてが馬鹿馬鹿《ばかばか》しくなって、歩道橋から飛び降りようとした時、切なそうな目をしたサメに止められた。

『功刀さん、死ぬほうが馬鹿馬鹿しいよ』

『あなたは……？』

『俺の部下がお世話になりました。功刀さんの炯眼《けいがん》には降参です』

『普通の男に見えるが……違うな？』

　偶然の出会いではない。エビの手腕を気に入って、サメはマークしていたのだ。それがきっかけである。

　あの時と今回は違う。

　思いつめる要素は何もない。

　それなのに、どんよりと気分が重い。白い壁や天井にも浅黒い肌を晒したカーミルが浮かび上がる。

「なんで服を着ないんだ」

　エビが自嘲気味《じちょうぎみ》に呟《つぶや》いた時、インターホンが鳴り響いた。ピンポーン、ピンポーン、ピンポーン、ピンポーン、ピンポーン、としつこく鳴り続ける。

　モニター画面にはネクタイを締めたサメが立っていた。彼もこのマンションの一室を借りているので、ダイレクトに玄関口に立てる。

『酒をもらってきたから飲もう』

気が進まなくても、サメを無下に帰すわけにはいかない。渋々ながら玄関のドアを開けると、勝沼《かつぬま》のワインを手にしたサメの後ろに、白いガンドゥーラに身を包んだカーミルが立っていた。

「我が妻よ、どうして夫をおいていく」

カーミルが非難がましい目で、ズカズカと部屋に上がってきた。

一瞬、エビは夢かと思ったが夢ではない。幻覚でもないのだ。

「……ちょっと待て」

エビが惚《ほう》けた顔で咎《とが》めると、カーミルは三和土《たたき》に戻って履物を脱いだ。

「ああ、日本では履物を脱がなくてはいけないのだな」

「そうじゃない」

エビが顔を痙攣《けいれん》させると、カーミルは尊大な態度で言った。

「そなたに夫に対する妻の心得を説かなければならぬ。妻は夫の許可なく、外出してはならぬぞ」

まだそんなことを言っているのか、とエビは頭を抱えた。

「待て、俺は……お前に言っても無駄だな。……どういうことだ？　なんでこんなのを連れてきたんだ?」

エビはカーミルを人差し指で差しつつ、リビングルームに進むサメに食ってかかった。

「日本の未来がかかっているんだ」

サメはこめかみを押さえているが、どこか芝居がかっている。

「ふざけないでくれ」

「石油を売ってくれなくなったら日本は潰《つぶ》れる」

サメはカーミルを横目で見つめると、情感たっぷりに言った。

「もしかして、坊やが、石油を売らないとでも言ったのか」

石油を制する者は世界を制す、というフレーズがエビの頭の中を過《よ》ぎった。カーミルは石油を制している者の一人だ。

「それだけじゃない、OPECとかなんとかを通じて、石油関係で圧力をかけるとのたまいましてね」

「日本がどうなろうと関係ないね。これだけ腐っているんだから、一度木《こ》っ端《ぱ》微塵《みじん》に壊れたほうがいいんじゃないか」

カーミルにどれだけの力があるか知らないが、日本に対してそんなたいしたことはできないはずだ。油田を所有しているのはカーミルの国だけではない。王家の資産は計り知れないが、国の規模からいえば可愛《かわい》いものだ。

「日本がどうなろうとかまわないが、眞鍋が潰れると困るんだよ」

カーミルは名取《なとり》グループに圧力をかけられる。取引を中止されたら、名取グループといえどもダメージは少なくない。

「まさか、坊やは眞鍋組に乗り込んだのか？」

エビが悪い予感に顔を歪《ゆが》ませると、サメはウインクを飛ばした。

「察しが良くて助かる」

サメはリビングルームの中央に置いてあるローテーブルにワインを載せると、フローリングの床にどっかりと座った。

「なんで、眞鍋に連れていったんだ」

エビもサメのそばに膝《ひざ》をつき、険しい顔つきで責めた。

「殿下が怖いから」

しれっと言ったサメに、カーミルへの恐怖はない。それぐらいわからないほど、エビは鈍くはなかった。

「どういうことだ？　俺は退職届を出したくないんだが」

エビはサメを見限りたくなかった。なんだかんだ言いつつも、いい距離で見守ってくれている男だからだ。

サメがいなければ、今、こうやって生きてはいないだろう。あの時、歩道橋から飛び降りなくてよかった、と後になって幾度となく思った。

「眞鍋のためだ、嫁に行け」

サメは人差し指で婿《むこ》に当たるカーミルを差した。

「とうとう頭がイカレたか？」

エビが右腕でカウンターパンチを繰りだす真似をすると、サメはやけに神妙な面持ちで今後を語った。

「眞鍋に流すお前の噂、代行に逆らったんでアラブのヒヒジジイに売られた、っていうのと、難攻不落のターゲットをたらし込んだ、っていうのと、どっちがいい？」

「いい加減にしろよ」

エビが腹立ち紛れにフローリングの床を叩《たた》くと、サメは手をひらひらとさせた。

「ああ、だからな……」

エビが消火器を吹きつけて姿を消した後、カーミルの側近であるイルファーンが護衛官を連れてやってきたそうだ。

『殿下、ご無事で何より』

交渉場所に入って十分以内に発信機をつけたカーミルが戻らなければ、イルファーンが襲撃する手筈《てはず》になっていたらしい。カーミルも無謀な特攻をしたわけではないのだ。

そこまでの経過を聞いて、エビはまじまじとカーミルを見つめた。カーミルの目にはエビしか映っていない。

サメはカーミルに挨拶《あいさつ》もせず、煙のように姿を消そうとした。だが、カーミルは護衛官たちに命令して、サメに銃口を突きつけた。

『お頭、我の妻を返さぬと日本に石油を売らぬ。価格も上げるぞ』

カーミルはエビがお頭と呼んだサメを脅《おど》したそうだ。

『あ～あれはくのいちでして、まだまだお役目があるのです。子供も産めませんし、第一夫人には無理です』

『名取グループを潰してもよいのか？　我が妻の上の者を連れてまいれ……いや、東京にいるのだな？　我が直々《じきじき》に東京に参ろう』

アラブのプリンスは気が遠くなるほど浮き世離れしているが、押さえるところはきっちりと押さえている。エビを得るためには誰と話し合えばいいのか、どこを突けばいいのか、熟知していた。ゆえに、脱兎《だっと》の如《ごと》く走り去ったエビを追いかけなかったのだ。

『それはなりませぬ』

『ならば、名取グループを潰す。我が国は名取グループに石油を売らぬ』

『殿下、いくらなんでも……』

『日本に比べて我が国は小国かもしれぬが侮るな』

カーミルが不敵な笑みを浮かべたので、サメはとうとう手を上げた。

『そんなに気に入ったんですか？』

『いかにも』

エビのどこが気に入ったのか尋ねるほど、サメは野暮ではなかった。カーミルの生い立ちや環境を考えたら、エビに魅了されても不思議ではない。

『あいつは男ですよ』

『かまわぬ』

『殿下の恥になりますよ』

『かまわぬ、名取グループを潰されたくなければ我を連れて参れ』

サメはいっさい揺るがないカーミルに負けた。この場を取り繕って逃げても無駄だと察したのだ。エビに関して、名取会長から眞鍋組に圧力がかかることだけは避けたい。

地下室にある遺体の処理をしてから、カーミルを連れて東京に向かった。

身分上、眞鍋組の総本部に赴くことはできない。カーミルは堂々と真正面から乗り込もうとしたが、サメが慌てて止めた。

清和とカーミルは六本木《ろっぽんぎ》にある外資系ホテルの一室で会ったという。

『我が妻を返していただく』

唐突なカーミルの言葉に、清和もリキも困惑したそうだ。前もってサメが詳細を報告していたが、今ひとつ理解できなかったらしい。カーミルという男の性格も把握できなかったようだ。カーミルは若いながらビジネスでは、天才的な手腕を発揮している。出資して失敗したことは一度もない。

『……うちの組員なんだが』

清和が躊躇《ためら》いがちに口を開くと、カーミルはぴしゃりと言った。

『我の妻だ』

清和は頼りになる右腕に視線を流したが、リキも口を真一文字に結んでいる。表情は変わらないが、想像を絶する出来事に戸惑っているようだ。

『そんな報告は聞いていない』

『妻を返さねば名取グループに石油を売らぬ』

カーミルが意志の強い目で脅すと、清和は軽く息を吐いた。大恩ある名取会長に迷惑をかけることだけは避けたい。

『……リキ』

清和は眞鍋組の頭脳であるリキに救いを求めた。

リキは眞鍋組随一の頭脳派だが、こちらのほうは苦手なようだ。鉄仮面を被ったまま、薄い笑いを浮かべているサメに振った。

『サメ』

判断を任されたサメは苦笑を漏らすしかない。

『俺かよ』

清和とリキから見つめられて、サメは肩を竦《すく》めた。カーミルは状況が把握できないらしいが、相変わらず、悠々としている。

『殿下、妻だと仰《おっしゃ》るのならば、ご自分で口説いて、ご自分でお連れください』

サメはエビ自身の判断に任せることにした。もう、それ以外に術《すべ》がないのだ。関《かか》わらないほうがいい、とリキは小声で囁いた。ハタ迷惑なぐらいの真《ま》っ直《す》ぐさと潔癖さは、時に周囲を巻き込み、凄まじい大騒動を起こす。カーミルの思い込みの激しさから実兄を連想したリキは、金になりそうなカラダリのプリンスに接することを避けた。

話を聞き終えたエビの白い頬《ほお》は、ピクピクと引《ひ》き攣《つ》っていた。

「そ、それでうちに……？」

「どうするか、自分で決めろ……と言いたいところだが、もうお前は嫁に行け。日本のために」

愛国心の欠片《かけら》もない男が国家への愛を口にした。白々しくてたまらない。

「無理だ」

「お前ならできる」

サメは満面の笑みを浮かべると、エビの肩を勢いよく叩いた。

「もしかして、俺を売ったのか？」

エビにいやな予感が走った。

「売ってはいない。ただ、眞鍋の表の会社に出資してくれるそうだ。うちとしては大助かりだ」

豪気なカーミルの出資で、清和とリキがずっと狙っていた土地やビルを購入する目処《めど》が立つそうだ。これで眞鍋第二ビルと眞鍋第三ビルの地下が繋《つな》げられる。

「こ、このっ……」

エビは張り飛ばそうとしたが、サメはひょいと身を反らした。

「達者でな」

サメは素速い動作で立ち上がると、発煙筒をぶちまけた。

一瞬にして、リビングルームは白い煙に包まれる。

「こ、この、待てーっ」

エビが叫びながら窓を開ける間に、サメは風のように出ていってしまった。忍者、と感心しているカーミルが残っている。

「我が妻よ、どこに行く」

カーミルが覆い被さってきたので、エビは慌てて押しのけようとした。しかし、鋼のように逞《たくま》しい身体はビクともしない。

「どけ」

「そのようなことを申すな」

カーミルはエビの首筋に顔を埋《うず》め、上げようとはしない。

「もう二度とヤらねぇぞ」

つい最近まで数多《あまた》の美女に言い寄られても拒んできたというのに、早くもカーミルの下半身は熱くなっている。たがが外れてしまったのかもしれない。

「妻は夫を拒んではならぬ」

「妻になった覚えはないっ」

エビがカーミルの後頭部を叩くと、くぐもった声で言葉が返った。

「もう二度と疑わぬから許せ……そなたを疑った我が悪かった。イルファーンにも怒られた」

イルファーンの名を耳にして、エビの心はざわざわとざわめいた。

「殿下、気づいていないのか？」

深入りしているエビに危機感を抱いたのか、何をどう思ったのか不明だが、サメは外人部隊時代のツテを使い、王家とカーミルの側近を入念に調べ上げたという。結果、エビの直感は当たっていた。

来日前ぐらいだろうか、期日は定かではないが、カーミルに忠実だったイルファーンは王妃、詳しくは王妃の実父である総理大臣の手先と化していたのだ。王族でありながら主要ポストを得られなかった父親のため、イルファーンは総理大臣に屈したらしい。

総理大臣はイルファーンの父に主要ポストを確約した。

実力主義のカーミルならばどんなに乞うても、無能とレッテルを貼《は》られたイルファーンの父に主要ポストは与えない。

甲府《こうふ》に戻るワゴン車でイワシから聞いた。

イルファーンは警備の責任者であるハマドと組み、生真面目《きまじめ》なナスリーや周囲に気づかれないように、二重三重の緩い罠《わな》を仕掛けていたのだ。慎重を好むイルファーンらしい。

想定外はエビの出現である。

それでも、想定外の人物を利用しようとした。エビがいなければ、カーミルに屈辱的な文書に署名させようとは思わなかっただろう。頑固なカーミルの意思は天と地がひっくり返っても変えられないとよく知っているからだ。

「何が?」

カーミルは右腕とも言うべきイルファーンを頼りに、父のような歳《とし》のハマドとの交渉に臨んだ。

交渉の結果次第でイルファーンがカーミルの前に姿を現す計画だったに違いない。あの時、イルファーンに銃口を向けられたら、カーミルはどうしただろう。あまりにも哀れで想像できない。

「……ん、イルファーンは……」

「イルファーンは我の兄のような存在だ。そなたも兄と思えばいい」

カーミルがイルファーンを信じ切っているので、エビはつらくなってしまった。真実が告げられない。

「俺のほうが年上だ」

つい先日、イルファーンは東京で二十七回目の誕生日を迎えたと聞いた。ホテル・アレーナの六本木店で盛大なパーティを開いたそうだ。

「そうであったな」

カーミルがズボンのベルトに手を伸ばしてきたので、エビは身体を捻《ひね》った。軽く後頭部も叩く。

「殿下、ふしだらなことはやめよう」

「今さら何を申しておる。我に教えてくれたのはそなたではないか」

二度と会うこともないと思って晒した己の痴態《ちたい》が、走馬灯のように駆け巡る。エビは羞《しゅう》恥心《ちしん》でどうにかなりそうだ。

「甲府の夢だ。夢を見ただけ」

「我を拒むな」

雄々しいプリンスが泣きそうな顔をしているので、エビはほだされてしまった。根負けしたというのかもしれない。

「殿下の妻になってもすぐに殿下は暗殺される」

これからもカーミルに対する暗殺者は送り込まれるだろう。カーミルを本気で守ろうとする者が何人いるのか、エビは恐ろしくて数えられなかった。乳兄弟《ちきょうだい》のナスリーは信頼できる人物だが、毒物の後遺症が心配だ。

「そなたをおいて逝かぬ」

「可哀相《かわいそう》な男だな」

地位に名誉に才能、巨万の富、ありとあらゆるものに恵まれている男が哀れでならない。

もしかしたら、恵まれているからこそ、哀れなのかもしれない。

「そう思うなら我のそばにいて我を慰めよ」

駄目だ、負けた、エビは観念すると身体の力を抜いた。もう、どうしたって駄目なのだ。哀れな男が可愛《かわい》くてたまらない。守ってやりたいとも慰めてやりたいとも思う。エビは自分でシャツのボタンを外した。

「他国の話だが、四日に一度の夫との性交渉を拒否できないとする法が議会を通過した。各国に批判されて、法案に署名した大統領も見直しを命じたそうだが」

カーミルは逸《はや》る気持ちを抑えられないらしく、乱暴な手つきでエビのズボンのベルトを引き抜いた。ファスナーも凄《すご》い勢いで下ろす。

「そんなのがあったのか」

エビは唖然《あぜん》としたが、カーミルの頬は紅潮していた。

「我は、四日に一度ではなく一日に一度、妻は夫の求めに応じないといけない、という法を定めたい」

こいつならやりかねない、とエビは真っ青になった。国の名誉のためにも止めてやるべきだ。

「そんな法律案を出してみろ、その場で世界中から批判される。観光産業も終わるぞ」

目の血走ったカーミルの手が、エビのズボンと下着を一気に下ろす。エビは脱がせやすいように腰を浮かせた。

「法律がなくても、そなたは我に従うか？」

「俺は法律なんて無視するほうだけど」

会社勤めをしていた頃、法に触れることは控えたが、危ない橋は幾度となく渡っている。眞鍋の一員になってから、法は完全に無視していた。

「いついかなる時も我を拒むな」

迫力を漂わせたカーミルに、エビは足を大きく開かされた。

「おい……」

「いついかなる時も我を愛せ」

カーミルはエビの股間《こかん》を凝視しながら横柄に命令した。

「あのな……」

「いついかなる時も我を忘れるな」

「あ～」

「そなたは我のことだけ考えておればいい」

熱砂の国のプリンスの激情にエビは翻弄《ほんろう》された。魅入らせてしまったのはエビだ。もう、素直に受け入れるしかない。

カーミルは誰よりも熱くて激しかった。


その日の夕方、エビは自家用ジェット機でカラダリ王国に向かった。

熱っぽい目をしたカーミルに服を着せてもらえなかったのは言うまでもない。

9

その年の秋、エビはカーミルとともに来日した。今回も非公式だが、仕事の予定が多い。東京でカーミルは分刻みのスケジュールを送っている。

久しぶりに東京の地を踏んだエビは、眞鍋《まなべ》組のシマで清和《せいわ》に会った。なんのことはない、サメに連絡を入れ、清和行きつけのステーキハウスで落ち合ったのだ。エビは眞鍋組の影の諜報部隊《ちょうほうぶたい》に用があった。

「おっさんはプライベートでフィリピンに行く。頼みましたよ」

カーミルを守り抜くと誓ったエビは必死だ。手段を選んでいる暇はない。王妃の実弟の暗殺を眞鍋組に依頼した。

清和とサメは無言で頷《うなず》く。

もちろん、眞鍋組にも見返りはある。エビはカーミルから下賜《かし》された莫大《ばくだい》な金を清和に報酬として渡した。

表のビジネスでも取引があり、順調に進んでいる。

「あいつはいいのか?」

サメがお天気の話をするように尋ねてきた。目的語がなくてもイルファーンのことだとエビにはわかる。

帰国する自家用ジェット機の中、カーミルが眠った隙《すき》にエビはイルファーンを殺そうとした。裏切り者をカーミルのそばにおいておくわけにはいかない。カーミルが信頼しているのでなおさらだ。

イルファーンはエビに刃を向けられても、顔色一つ変えなかった。いつもと同じように温和な笑みを浮かべている。

『第一夫人、殿下を幸せにしてあげてください。しかと頼みましたぞ』

イルファーンにはカーミルへの忠誠心が溢《あふ》れている。エビは腹立たしくてたまらなかった。

『なぜ、殿下を裏切った？　そんなに無能な父親が大切か？』

エビは毒物を塗った刃をイルファーンの頸動脈《けいどうみゃく》に当てた。決して油断はしない。

『よく調べましたね』

『俺が普通のガイドじゃないって、気づいていたはずだ』

『名取《なとり》グループの会長が懇意にしているマフィアがあると聞いていましたが、あなたのように可愛《かわい》らしい方がそうだとは夢にも思いませんでした』

名うての切れ者はカーミルと取引のある名取グループについても調査済みだ。

ちなみに、日本人の暗殺者を雇ったのはイルファーンではない。性急な王妃が送り込んだ別口の暗殺者だ。

『俺の外見なんてどうでもいいんだよ。……このままだとあまりにも殿下が可哀相《かわいそう》だ』

警備の責任者に続き第一の側近にまで裏切られたとあっては、カーミルの評判も落としかねない。

『第一夫人がお慰めあれ』

覚悟を決めているのか、イルファーンは一言も命乞《いのちご》いしない。このまま抹殺するには惜しい男だ。

『このまま殿下に仕えろ。王妃や総理大臣にも上手《うま》く言え』

くどくど言わなくても、聡《さと》いイルファーンにはすぐに通じた。イルファーンは柔らかな微笑を浮かべる。

『つまり、我に二重スパイになれと？』

イルファーンの口から王妃や総理大臣の動向がわかれば、こちらも動きやすい。嘘《うそ》の情報で王妃側を攪乱《かくらん》することもできる。

『話が早い、よくわかっているじゃねぇか』

『殿下は潔癖すぎるせいか、政《まつりごと》を理解していらっしゃらない。理想論だけで世は成り立ちません。王妃様や王族を敵に回して、生きてはいられないでしょう』

イルファーンはつらそうな顔で王室の実態を明かした。彼もまた凄《すさ》まじい葛藤《かっとう》と戦っていたのだ。カーミルを裏切りたくて裏切ったわけではない。

『俺が邪魔者を消してやる』

エビが冷たく微笑《ほほえ》むと、イルファーンは声を失った。

『王妃とやらも大臣とやらも長官とやらも俺が殺してやるよ。これでどうだ？』

邪魔者は消せ、という清和の主義をエビも使った。カーミルの命を脅《おびや》かす者はさっさと始末したほうがいい。

『そんなに上手く……』

イルファーンの手が震えたが、エビは不敵に笑った。

『俺を誰だと思っているんだ？』

『一度も失敗したことがない男、コードネームはエビ』

そこまで調べたのか、とエビは変なところで感服してしまう。

『知っているんじゃないか、と言いたいところだが、今回は初めて失敗した。ハマドに拉《ら》致《ち》られるなんて』

今回は最初から調子が狂ったけどな、とエビは自嘲《じちょう》気味《ぎみ》に呟《つぶや》いた。

『王妃様は殿下の母君であらせられる。国の母でもある。殺さないでほしい』

新たな覚悟を決めたのか、イルファーンは真剣な目で言った。これがエビとイルファーンの密約だ。すでに、王妃の実父は暗殺した。最大の後ろ楯《うしだて》を失い、王妃は悲嘆に暮れている。残された兄弟の仲は必ずしも良好ではない。それぞれの利害が絡み、一枚岩が崩れかけている。

エビは上手く立ち回っているイルファーンを瞼《まぶた》に浮かべた。イルファーンという楯がいなくなったら、カーミルの命は危ない。

「あいつはいい。今のところ安全だ」

エビは辛口のメドックが注《つ》がれたワイングラスに手を添えながら言った。サメの懸念を払拭《ふっしょく》する。

「エビ、気を抜くなよ」

今さらサメに注意されなくても、一度でも裏切ったイルファーンに気は許さない。

「わかっています」

エビとサメが半分も食べないうちに、清和は二枚目の霜降り肉を口に放り込む。サメとエビは清和の食欲につきあいきれない。

「代行……じゃない、組長、姐《あね》さんをもらったと聞きましたが、メシは?」

清和が十歳年上の医者と一緒に暮らしていることは知っている。エビが素朴な質問をすると、清和の周囲の空気が冷たくなった。

「………」

「カタギで家庭的な姐さんをもらったと聞いたんですが?」

料理上手で世話女房タイプの姐をもらったと聞いている。男だと知った時には腰を抜かしたが、人のことは言えない。

「…………」

清和は憮然《ぶぜん》とした面持ちで肉汁が滴《したた》る霜降り肉に食《く》らいついた。リキは無言で辛口のメドックを飲み、サメは喉《のど》の奥で楽しそうに笑っている。

「姐さんとラブラブだって聞いたんですが？　なんでも、姐さんにべた惚《ぼ》れされているとか？」

イワシは楽しそうに清和と姐について語ってくれた。とても情熱的な姐でショウや宇治《うじ》といった若い舎弟が振り回されているという。

「エビ、組長は姐さんに惚れられすぎちまったんだよ。組長の健康のためだって言って、肉を食《く》わせてもらえないんだ」

サメは手をひらひらさせて、清和の食生活を明かした。

「……っ、もしかして、それで姐さんに隠れて肉を食っているんですか？　眞鍋の昇《のぼ》り龍《りゅう》が？」

今までの清和は一日三食、すべて肉だった。ステーキと焼き肉のローテーションだったはずだ。かつてエビが清和のガードについた時、栄養学を完全に無視した肉食《にくしょく》嗜好《しこう》に呆《あき》れた覚えがある。

「そうだ、今夜はお前に会ったことで、姐さんに問い詰められてもつきあいだって言い訳ができるから、堂々と肉を食っているんだよ」

清和は楽しそうに内情を語るサメを止めようとはしない。黙々と分厚い霜降り肉を食べ尽くす。

「肉ぐらい……」

エビの目前に微笑ましいカップルが浮かんだ。自然に頬《ほお》が緩む。

「組長もたいしたもんだぜ。姐さんが作ったメシもきっちり食ってるからな。俺はもうそんなに食えん」

サメは苦しそうに腹部を摩《さす》った。

「組長は姐さんが作ったメシを食いつつ、こうやって隠れて肉も食っているんですか」

家庭では文句一つ零《こぼ》さずに妻の手料理を食べ、外では好物を平らげる。清和の涙ぐましい努力にエビは顎を外しかけた。

「そうだ、見上げた根性だろう」

眞鍋組二代目組長の家庭円満の秘訣はかかあ天下らしい。清和はむっつりとした顔で三枚目の霜降り肉を注文した。

まだ食うのか、とエビとサメは感心してしまう。

「まだ若いんだし、姐さんに肉が食いたい、って言えばいいのに」

エビは笑いを堪《こら》えるのに必死だったが、サメは遠慮なく笑い飛ばした。

「凄《すご》い姐さんだぜ。組長だけじゃなくて俺たち全員、振り回されている。俺はあんな姐を見たことがない」

サメはいつも超然としている男だが、だいぶ姐には肝を冷やしているらしい。ピリリッとした緊張が伝わってくる。

「綺麗《きれい》な姐さんだって聞きましたよ。モロ、組長の好みでしょう」

清和の女性の趣味ははっきりしている。初めての相手だという竜胆《りんどう》のママもそうだが、肌が透き通るように白くてどこか寂しそうな女性だ。

華やかな京子《きょうこ》に手を出したと知った時、エビは仰天してしまった。たぶん、あれは京子に上手く詰められたのだろう。

「ああ、日本人形みたいな顔をしているけど半端《はんぱ》じゃない。西洋人形みたいな可愛いお前と並んだらいい眺めだと思うぜ」

エビは揺れている本心を躊躇《ためら》いがちに吐露した。

「姐さんには一度お会いしたいような、お会いしないほうがいいような……」

「……そういや、お前と姐さん、似てる。可愛い顔から想像できない性格をしているところがそっくりだ。お前、その性格でその顔は詐欺だぜ」

エビにしろ二代目姐にしろ、風が吹いたら飛ばされそうな容貌《ようぼう》だが、いざとなれば誰よりも豪胆だ。二人とも嵐に突進するような性格をしている。

「あのですね」

「……で、そっちはどうなんだ？　ダーリンはどうだ？　パパに言ってごらん」

したり顔で尋ねてくるサメに、エビは動じたりしない。

「ガキですね」

エビは一言でカーミルを表現した。今さらサメに取り繕っても仕方がない。

「ガキか？」

「まぁ、どんなにデカくてもまだ二十歳《はたち》、十歳も下ですからね」

エビがカーミルの若さを指摘すると、霜降り肉を咀嚼《そしゃく》している清和が無言で瘴気《しょうき》を発した。

エビは十歳年上の姉さん女房に子供扱いされている亭主に気づく。サメも気づいているだろうに楽しそうにはしゃいだ。

「十も年下だったら、子供にしか見えないだろう。おむつも買いたくなるよな」

おむつというワードに清和が発している瘴気はますますひどくなったが、リキはまったくフォローしない。

そういや、似てる、とエビは思い当たった。外見ではない。清和とカーミルのちょっとした仕草や言動がどことなく似ているのだ。潔癖なところはそっくりだ。性格的には弟王子のリズクより清和のほうがカーミルの弟らしい。

「おむつを買おうとは思いませんが、ガラガラとおしゃぶりは買いたくなりますね。うちの場合、あれはもう異星人」

異星人とでも思っていないとやっていけない、とエビは心の中で続けた。清和のあまりの苛烈《かれつ》さに困惑したことはあるが、異星人だと思ったことは一度もない。

「確かに、あれは異星人だ。けど、うちの姐さんも異星人」

よっぽど振り回されているのか、サメはしみじみと二代目姐について語った。

「うちほどひどくはないだろう」

どんなに突拍子のない姐でもカーミルよりはマシだ、という確固たる自信がエビにはあった。

「ああ、お前の坊やほどひどくはないが、こっちもまた違った意味でとんでもないし、何をするかわからない。あのままお前が眞鍋にいたら、お前が姐さんのガードについていたかもしれないな」

一度も失敗したことのない凄腕が難攻不落のターゲットを垂らし込んだ、と眞鍋組ではまことしやかに流れているらしい。もちろん、そんな噂《うわさ》を流したのはサメだ。

「ショウは？」

明るくて爽《さわ》やかなショウが二代目姐付きのガードについているはずだ。エビは裏表のないショウを気に入っていた。

「男の嫁を取れと姐さんに言われて泣いている」

サメの口から出た眞鍋組の実態に、エビは目を丸くした。

「いったい……？」

「どこからああいう考えが出るのか不思議だ」

サメが大きな溜《た》め息《いき》をついた時、リキの携帯電話の着信音が鳴り響いた。言葉少なに応対した後、リキは携帯電話を切る。

「エビ、カラダリの団体がシマに入った」

リキはポーカーフェイスで不夜城の異変を語る。サメは茶化すように、下品な口笛を吹いた。

「まさか、坊やが来たのか？」

エビは腕時計で時間を確かめたが、カーミルは商談の最中だ。何をしているのだと、問い詰めたくなる。カーミルを止めようとしない側近も締め上げたい。

「エビ、帰ってやれ」

カーミルに同志愛でも湧《わ》いたのか、若い清和は渋面《じゅうめん》でドアを差す。エビは肩を竦《すく》めると立ち上がった。

「組長、姐さんとお幸せに」

エビの別れの挨拶に、清和は無言で頷《うなず》いた。

カーミルがシマに足を踏み入れたのならば、一刻も早く見つけないとやっかいだ。時に途方もない横暴ぶりを発揮する。

エビはステーキハウスを出ると、人が行き交う街を歩いた。

カーミルを見逃さないように周囲に気を配りながら進む。もっとも、懸念は杞憂《きゆう》だった。一際《ひときわ》目立つ集団が大通りを闊歩《かっぽ》している。武闘派で売っている眞鍋組の組員や人相の悪い地上げ屋もカラダリの集団に引いていた。若い女性たちにはアラブ風の衣装に身を包んだコスプレ集団と思われているフシもある。カーミルを中心にイルファーンやナスリーのルックスは女性の興味を引くのだ。

エビが小走りに駆け寄ると、カーミルは目を吊《つ》り上《あ》げた。

「我の目の届かぬところで何をしていた？」

何も無断で出たわけではない。清和とサメに会うことはきちんと伝えている。

「昔の上司に会うと言っていただろう。目立つからホテルに戻るぜ」

「男に会ったのだな」

カーミルから嫉妬心《しっとしん》を感じて、エビは啞然とした。

「何を考えている？　俺に浮気する余裕があるかよ」

エビはカーミルの相手だけで精一杯だ。他人の相手をするどころか、興味を持つことすらない。

「男に邪心を抱かせるほうが悪いゆえ」

「女が腐るほどいるのにわざわざ男に手を出すような奴はいねぇ」

エビの脳裏に男の姐を迎えた清和が浮かんだが、カーミルに知らせるわけにはいかない。

「女よりそなたのほうが愛らしい」

「そんなことを思うのは坊やだけ」

とんでもなく嫉妬深いカーミルを宥《なだ》めつつ、エビは不夜城を足早に歩いた。熱砂の国と違い、秋の夜風が心地良い。

大学を卒業して、企業に就職して、そのまま平凡な人生を送るのだと思っていた。清和と盃《さかずき》を交わしたことは予想外だったが、眞鍋のエビとして働いた日々に後悔はない。

今、現在、カーミルのそばにいることも予想していなかった。けれど、不幸だとは思っていないし、身の上や将来を儚《はかな》んでもいない。

カーミルに愛を囁《ささや》かれる日々が甘くて幸せだからだろう。

あとがき

講談社X文庫様では十八度目ざます。十八度目のご挨拶《あいさつ》ができて嬉《うれ》しいざます。湯村《ゆむら》温泉に別荘が欲しい、と八百万《やおよろず》の神にお祈りした樹生《きふ》かなめざます。別荘は石和《いさわ》温泉でも増富《ますとみ》温泉でも構いません。

ええ、取材で甲斐《かい》の国に向かうことになりました。

新宿《しんじゅく》駅で甲府《こうふ》行きの電車を待っていますとトラブル発生。

甲府への思いが高まるアタクシをよそに、甲府行きの電車はやってきません。結局、電車は一時間半遅れでやってまいりました。

な、なんか、幸先《さいさき》が悪い？　甲斐の国は樹生かなめを拒んでいるの？　腐った女は立ち入り禁止ですの？

樹生かなめを如実《にょじつ》に表したようなスタートでしたが、無事に甲斐の国に辿《たど》り着《つ》きました。

甲斐善光寺《ぜんこうじ》で信玄《しんげん》アイスを味わいながらプロットを何本か立て、甲府駅付近で豚肉が入ったほうとうを食べつつプロットを練り直しました。現地食材で作られた美味《おい》しいイタリアンを食べた後もプロットを見直し、武田《たけだ》神社で必勝祈願をしました。そりゃあ、もう、力を込めて必勝の祈願してきましたとも。

ひまわりソフトクリームが食べられなかったことや富士吉田《ふじよしだ》のうどんの食べ比べができなかったことが心残りです。もちろん、諦《あきら》めたりはしません。次にかけます。次回はもっと時間をかけてじっくりと回りたいですね。

ちなみに、今回はプロットを三本、提出させていただきました。

絶対に通らないだろう、と確信していたアラブの皇太子のプロットが採用され、びっくり仰天した樹生かなめざます。

実は樹生かなめ初のアラブざました。

それではでございます。

奈良千春《ならちはる》様、今回も素敵な挿絵をありがとうございました。深く感謝します。

担当様、いろいろとありがとうございました。深く感謝します。

読んでくださった方、ありがとうございました。

再会できますように。


甲斐の国グルメできっちりと肥えた樹生かなめ

樹生かなめ先生の『龍の兄弟、Ｄｒ.の同志』、いかがでしたか？
樹生かなめ先生、イラストの奈良千春先生への、みなさんのお便りをお待ちしております。
樹生かなめ先生へのファンレターのあて先
〒112-8001　東京都文京区音羽2-12-21　講談社　文芸X出版部「樹生かなめ先生」係
奈良千春先生へのファンレターのあて先
〒112-8001　東京都文京区音羽2-12-21　講談社　文芸X出版部「奈良千春先生」係

N.D.C.913　238p　15cm

樹生かなめ（きふ・かなめ）

講談社X文庫

血液型は菱型。星座はオリオン座。
自分でもどうしてこんなに迷うのかわからない、方向音痴ざます。自分でもどうしてこんなに壊すのかわからない、機械音痴ざます。自分でもどうしてこんなに音感がないのかわからない、音痴ざます。自慢にもなりませんが、ほかにもいろいろとございます。でも、しぶとく生きています。
樹生かなめオフィシャルサイト・ROSE13
http://homepage3.nifty.com/kaname_kifu/

white heart

龍《りゅう》の兄弟《きょうだい》、Dr.《ドクター》の同志《どうし》

樹生《きふ》かなめ

●

2009年10月5日　第1刷発行

定価はカバーに表示してあります。

発行者——鈴木　哲
発行所——株式会社　講談社
東京都文京区音羽2-12-21 〒112-8001
電話 編集部 03-5395-3507
販売部 03-5395-5817
業務部 03-5395-3615
本文印刷—豊国印刷株式会社
製本——株式会社千曲堂
カバー印刷—半七写真印刷工業株式会社
本文データ制作—講談社プリプレス管理部
デザイン—山口　馨

落丁本・乱丁本は購入書店名を明記のうえ、小社業務部あてにお送りください。送料小社負担にてお取り替えします。なお、この本についてのお問い合わせは文芸X出版部あてにお願いいたします。

ISBN978-4-06-286622-4